Les mystères romains

6. Les 12 travaux de Flavia

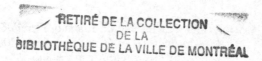

Dans la même série
Les mystères romains

Titre original : *The Twelve Tasks of Flavia Gemina*
First published in Great Britain in 2003
by Orion Children's Books
a division of the Orion Publishing group Ltd
Orion House, Upper St Martin's lane
London WC2H 9EA
Copyright © Caroline Lawrence 2003
Maps by Richard Russell Lawrence
© Orion Children's Books 2003
The right of Caroline Lawrence to be identified
as the author of this work has been asserted.

Pour l'édition française :
© 2005, Éditions Milan pour le texte et l'illustration
300 rue Léon-Joulin 31101 Toulouse Cedex 9, France
ISBN : 2-7459-1024-8
Loi 49-956 du 16 juillet 1949
sur les publications destinées à la jeunesse
www.editionsmilan.com

CAROLINE LAWRENCE

Les mystères romains

6. Les 12 travaux de Flavia

Traduit de l'anglais par
Alice Marchand

MILAN POCHE
HISTOIRE

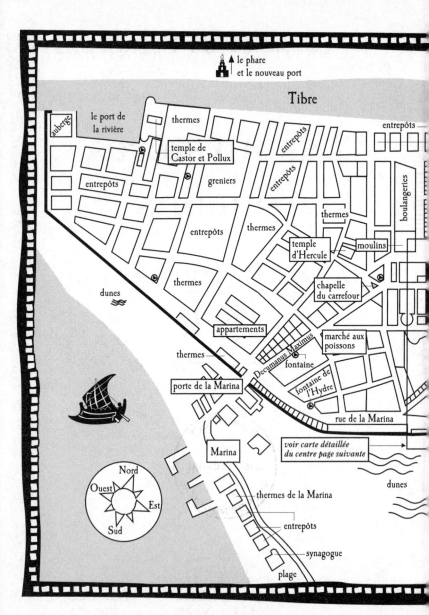

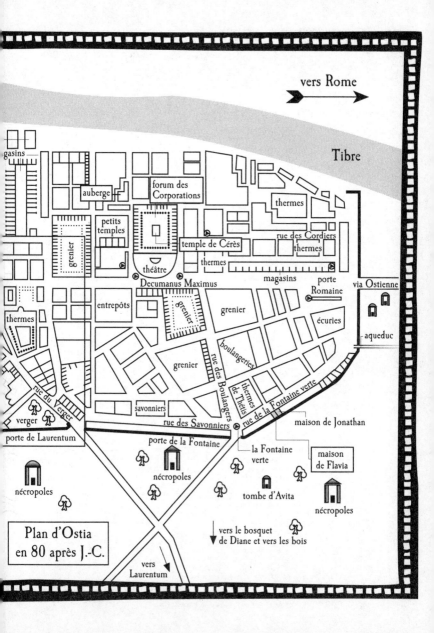

vers Rome

Tibre

gasins

auberge

forum des Corporations

petits temples

grenier

temple de Cérès

thermes

rue des Cordiers

thermes

théâtre

thermes

Decumanus Maximus

magasins

porte Romaine

via Ostienne

entrepôts

grenier

grenier

écuries

thermes

boulangeries

aqueduc

grenier

rue des Boulangers

savonniers

thermes de Thétis

rue de la Fontaine verte

rue du verger

rue des Savonniers

maison de Jonathan

verger

porte de Laurentum

porte de la Fontaine

la Fontaine verte

maison de Flavia

nécropoles

tombe d'Avita

nécropoles

nécropoles

Plan d'Ostia en 80 après J.-C.

vers le bosquet de Diane et vers les bois

vers Laurentum

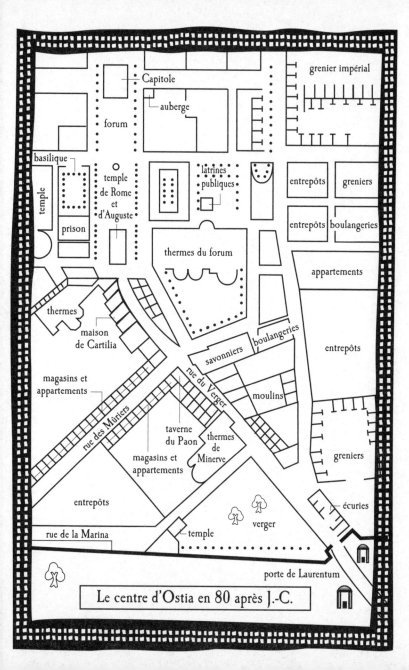

Le centre d'Ostia en 80 après J.-C.

Pour ma sœur, Jennifer,
qui sait aimer avec sagesse.

ROULEAU I

L e jour où Flavia Gemina apprit qu'elle devait se marier commença comme n'importe quelle journée d'hiver, au port romain d'Ostia.

Quand Flavia se réveilla, peu après l'aube, le ciel laissait filtrer comme des diamants d'un rose nacré à travers les volets de sa fenêtre. Elle entendait la pluie gargouiller dans les gouttières, et une odeur de terre riche et de brique mouillée, d'une fraîcheur délicieuse, emplissait l'air. Flavia se blottit sous sa couverture de laine et glissa les pieds sous la masse chaude de son chien Scuto. Aujourd'hui, on fêtait les fiançailles de son oncle ; et demain, ils prépareraient la fête des Saturnales*, qui durerait cinq jours. Il n'y aurait donc pas de cours pendant une semaine entière.

Au bout d'un moment, attirée par l'odeur de vin épicé et de lait chaud, Flavia descendit dans la cuisine, enroulée dans sa couverture. Scuto la suivit en agitant la queue distraitement.

---

* Les mots ou groupes de mots suivis d'un astérisque sont expliqués dans le glossaire en fin de volume.

– Bonjour, ma grande, dit Alma, la vieille nourrice de Flavia, en ajoutant du lait chaud dans une tasse en céramique à moitié remplie de vin épicé. Orge ou fromage ?

– Les deux, s'il te plaît. Et un peu de poivre. Pater a déjà son poculum[1] ?

– Oui, dit Alma en saupoudrant d'orge le liquide fumant. Je le lui ai apporté il y a un petit moment.

Elle frotta un cube de fromage sur une râpe en argent. Des copeaux fondants couvrirent la surface de la boisson.

Alma tendit le poculum à Flavia.

– Tiens, ma grande.

– Merci, murmura Flavia, et elle commença à siroter la boisson chaude.

Elle croqua quelques grains d'orge couverts de fromage qui flottaient sur le dessus en songeant qu'elle aimait les boissons qu'il faut aussi mâcher. L'orge lui fit penser à Pistor, le boulanger. Avec ses amis, elle avait passé presque tout le mois de novembre à essayer de découvrir qui lui volait ses petits pains au pavot. Flavia adorait les mystères et, en résolvant l'affaire de Pistor, elle s'était prouvé à elle-même qu'elle était une vraie détective.

Traînant toujours sa couverture derrière elle, Flavia sortit de la cuisine et traversa le péristyle[2] avec

1. Tasse. Le terme désigne également un petit déjeuner liquide composé de vin épicé, de lait, d'orge et de fromage.
2. Passage bordé de colonnes autour du jardin intérieur ou de la cour.

sa tasse pour gagner le bureau de son père. Dans le jardin intérieur, derrière les colonnes peintes en rouge à leur base, la pluie tombait doucement. Le figuier avait perdu ses feuilles et les arbustes s'agitaient sous la caresse de la pluie. Scuto s'approcha du cognassier pour effectuer ses ablutions matinales.

– Bonjour, Caudex.

– Bonjour, mademoiselle Flavia.

Le grand esclave employé comme gardien de la maison, debout sur un petit tabouret en bois, enroulait des spirales de lierre brillant autour des colonnes.

– C'est joli, approuva Flavia en hochant la tête.

Caudex grogna.

On était à la mi-décembre, et les pièces de la maison étaient plus sombres que d'habitude. Mais, dans le bureau, une lampe à huile sur pied ajoutait un éclairage doré à la lumière nacrée qui s'infiltrait depuis le jardin. À côté de la lampe, un brasero de cuivre était rempli de braises rougeoyantes.

– Bonjour, Pater.

– Bonjour, ma petite chouette.

Assis à son bureau, Marcus Flavius Geminus était penché sur un rouleau*, sa toge[1] enroulée autour des épaules comme une couverture. Il jeta un regard tendre mais distrait à sa fille.

Flavia se blottit dans le vieux fauteuil en cuir, releva les pieds et tira sa couverture autour d'elle.

1. Vêtement masculin. Tenue traditionnelle du citoyen romain, la toge se porte drapée.

11

Pendant un moment, elle se réchauffa les mains sur la tasse tout en regardant son père travailler.

Elle n'était toujours pas habituée à ses cheveux courts. Le docteur avait coupé ses boucles collées, pleines de poux, deux mois plus tôt, mais à ce moment-là son père était trop faible pour donner ses cheveux en offrande au dieu de la mer. Alors, la semaine dernière, il avait rasé ce qui avait repoussé et en avait fait don au temple de Neptune pour remercier le dieu d'avoir épargné sa vie lors du naufrage. À présent, ses cheveux ras et les rides qui étaient apparues sur son front lui donnaient un air plus âgé. Son visage rappelait à Flavia le masque mortuaire de sa grand-mère, sur l'autel familial.

À côté, dans l'atrium[1], la pluie débordait des gueules de lion en terracotta qui ornaient les gouttières et tombait avec fracas dans le bassin à ciel ouvert. On entendait le son d'une flûte et d'une lyre, à l'étage. Nubia, l'ancienne esclave de Flavia, et leur tuteur Aristo s'exerçaient ensemble tous les matins avant le petit déjeuner. Aristo disait qu'il composait plus facilement au saut du lit.

Scuto, qui arrivait du jardin, entra dans le bureau, laissant des traces de pattes humides sur le sol de marbre brillant. Il soupira et s'affala lourde-

1. Pièce des grandes maisons romaines, où l'on recevait les hôtes. Elle n'avait en général pas de toit et possédait un bassin pour recueillir l'eau de pluie.

12

ment sous le brasero. Bientôt, l'odeur réconfortante de chien mouillé se répandit dans la pièce. Flavia songea soudain que, comme son père, Scuto vieillissait.

– Pater ?

Elle but une autre gorgée de sa boisson chaude et épicée.

– Oui, ma chérie ? dit-il d'un ton distrait, la tête penchée au-dessus d'un papyrus[1] de comptes.

– Pater, le sablier de ta vie, il est vide ?

Il lui jeta un regard amusé.

– Je n'ai que trente et un an ! Je pense qu'il me reste encore quelques années !

Il se replongea dans ses comptes et fronça les sourcils.

– Pater ?

– Oui, Flavia ?

– On est pauvres, maintenant ?

Son père soupira et reposa sa plume avant de se tourner vers elle.

– Je veux dire, reprit Flavia, on ne va pas nous prendre notre maison, hein ?

– Non, ma petite chouette. Notre maison est sauvée, grâce au don d'un bienfaiteur anonyme.

Flavia hocha la tête. Son père ignorait toujours que c'était elle, le mystérieux donateur.

---

1. Matière la plus utilisée et la moins chère, sur laquelle on pouvait écrire, fabriquée à partir d'une plante égyptienne.

– Pour nos frais quotidiens, poursuivit-il, je vais peut-être devoir vendre le sublime Vespasien[1]. Et Titus.

– Oh, non ! s'écria Flavia en regardant les bustes en marbre de l'empereur actuel et de son prédécesseur à la mine renfrognée. Je les aime bien. J'aime les choses comme elles sont. Ne change rien.

Il soupira.

– Ma seule autre possibilité, c'est de demander à Cordius, mon patron[2], de nous prêter assez d'argent pour passer l'hiver.

Son père secoua la tête.

– D'habitude, à cette époque de l'année, j'ai plein d'argent liquide déposé chez mes banquiers. Mais j'avais tout investi dans cette cargaison d'épices, et quand elle a coulé avec le *Myrtilla*...

Sa voix s'éteignit et il fixa les rouleaux sur sa table.

Flavia devina à quoi il pensait. Son père avait donné à son navire le nom de la mère de Flavia. Myrtilla était morte en couches, sept ans plus tôt. Maintenant, il avait perdu les deux Myrtilla.

– Mais tu peux utiliser le bateau dont Lupus a hérité, non ? insista Flavia d'une voix gaie.

Son père sourit.

– Oui. Mais le *Delphina* a besoin d'être réparé, avant le début de la saison de navigation. Et nous devrons effectuer la *lustratio*, la cérémonie de puri-

---

1. Empereur romain, père de Titus, qui régna de 69 à 79 apr. J.-C.
2. Personne riche et puissante qui apporte sa protection à des clients, qui en retour lui rendent différents services.

fication. Il nous faut donc acheter un taureau : encore une grosse dépense.

La chaise de son père grinça sur le sol, quand il la repoussa.

– Flavia… dit-il en se levant.

– Oui, Pater ?

– Il faut que tu sois très discrète. Ne raconte à personne que nous avons des dettes. Si les gens apprennent que nous avons des difficultés financières, ils abuseront de nous. Je pourrais même être radié de l'ordre équestre[1]. Nous devons nous comporter comme si nous étions prospères, sans toutefois dépenser plus que le strict nécessaire.

Son père tira sur les plis de sa toge, pour qu'elle retombe correctement par-dessus son épaule.

– Je comprends, Pater, dit Flavia en soupirant.

Elle avait prévu de lui demander de l'argent pour acheter des cadeaux à ses amis à l'occasion des Saturnales. C'était impossible, à présent.

Son visage s'illumina quand Nubia apparut sur le seuil avec une tasse fumante.

– Bonjour, Nubia !

– Bonjour, Flavia !

Nubia, tout en sirotant sa boisson, regarda son chiot, Nipur, gambader dans le bureau. Tout noir, il

---

1. Classe sociale des riches hommes d'affaires. Pour être chevalier, c'est-à-dire membre de l'ordre équestre, il fallait posséder des biens d'une valeur d'au moins 400 000 sesterces.

était presque aussi grand que Scuto, et il n'avait pas fini de grandir. Il salua Flavia et son père en agitant la queue, et Scuto en venant le flairer. Puis il retourna en hâte dans le jardin pour voir si la pluie avait fait sortir des escargots.

Un jeune homme surgit aux côtés de Nubia dans la grande entrée. Leur tuteur, Aristo, était un beau Grec aux cheveux bouclés, couleur bronze, dont le regard brun pétillait d'intelligence. Ce matin-là, il portait une épaisse tunique crème, des bottes de cuir et une courte cape rouge. Un filet pendait sur son épaule gauche et, dans la main droite, il tenait une javeline.

– Je pars à la chasse, dit-il. Je serai rentré à temps pour…

Il prit une profonde inspiration.

– … Je serai rentré à la septième heure.

Le capitaine Geminus regarda Aristo avec gratitude.

– Que Diane te porte chance pour la chasse ! dit-il. Je crois que nous avons fini la tarte aux cailles de ton ami, hier après-midi.

– Je vais essayer de nous attraper un gros sanglier pour les Saturnales.

Aristo disparut vers la sortie de derrière.

– Je dois filer, moi aussi, dit le père de Flavia. Je vais chez le barbier, puis chez mon patron, Cordius. Je serai de retour dans quelques heures. Oh, Flavia ! Hercule, le peintre, doit venir aujourd'hui pour commencer la nouvelle fresque dans la salle à manger.

– Un peintre ? Mais tu disais que nous devions faire attention avec notre argent.

– Il ne nous fait rien payer. Il me doit une faveur, expliqua le père de Flavia. Je l'ai emmené gratuitement en Sicile, l'année dernière. D'autre part, ça donnera l'impression que nous sommes riches. Il ne fête pas les Saturnales, alors il travaillera ici toute la semaine prochaine.

– Incroyable ! Ne pas célébrer la fête la plus chouette de toutes ! murmura Flavia.

– Au revoir, chérie.

Son père se pencha pour l'embrasser sur le front.

– Au revoir, Nubia.

Il disparut dans l'atrium et, un instant plus tard, Flavia entendit la porte d'entrée se refermer et le verrou tomber en place.

Nubia erra dans le péristyle, regardant d'un air inquiet vers la porte de derrière.

– J'espère qu'Aristo plaisante, dit-elle. J'espère qu'il n'y a pas de sangliers furieux dans les bois aujourd'hui.

– Il avait l'air triste, fit remarquer Flavia. Et la musique que vous jouiez aussi, elle était triste.

– Je sais. Il est dans tous ses états aujourd'hui, parce qu'il est toujours amoureux de Miriam.

Nubia frissonna.

Flavia ouvrit sa couverture.

– Viens t'asseoir à côté de moi, Nubia.

Nubia se glissa sur la chaise et tira un bout de la couverture sur elle.

– Il fait drôlement froid ! dit-elle.

Flavia savait que Nubia était habituée à la chaleur sèche du désert, pas aux hivers humides d'Italie. Et cet hiver-ci était particulièrement humide et froid. Tout le monde jugeait responsable de ce temps le volcan qui était entré en éruption à la fin du mois d'août. Alma, la nourrice de Flavia, trouvait cela absurde : « Ils vont accuser le Vésuve de tout ce qui se passera dans les vingt prochaines années ! avait-elle marmonné. J'ai connu des hivers plus froids. »

Ce n'était visiblement pas le cas de Nubia. Elle tremblait toujours.

– Tu devrais porter plusieurs tuniques, lui conseilla Flavia en lui frottant vigoureusement l'épaule. Comme l'empereur Auguste. Il mettait cinq tuniques, l'hiver.

– Bonne idée.

– Et tout à l'heure, nous irons aux thermes*, promit Flavia. Après le marché.

– Tant mieux, se réjouit Nubia. J'irai m'asseoir dans la vapeur du sudatorium[1].

On frappa lourdement à la porte. Scuto bondit sur ses pattes et Nipur rentra du jardin. Ils traversèrent le bureau en trombe et gagnèrent l'atrium.

---

1. Pièce consacrée aux bains de vapeur dans les thermes romains. Elle était souvent en demi-cercle, et équipée de bancs de marbre.

Flavia entendit Caudex marmonner dans le péristyle, alors elle lança :

– On s'en occupe, Caudex !

Les deux filles, abandonnant la couverture sur la chaise, sortirent dans l'atrium et dépassèrent le bassin d'eau de pluie pour gagner la porte en chêne et son lourd verrou. Scuto et Nipur grattaient le bois. Ils sentaient leur ami Tigris de l'autre côté.

La porte s'ouvrit sur deux garçons et un chiot, abrités sous le porche. Ils étaient trempés et tout excités, et soufflaient de petits nuages blancs.

– On revient du forum[1]... haleta Jonathan, le plus grand des deux, qui souffrait d'asthme. Vous ne devinerez jamais... ce qui s'est passé ! Toute la ville... en parle ! Un navire d'Alexandrie... retardé par des tempêtes... qui apportait des animaux pour les jeux...

Lupus, le plus jeune, traçait des inscriptions sur une tablette. Il hochait la tête tout en écrivant. Il n'avait pas de langue, et cette tablette de cire était son principal moyen de communication.

– Des bêtes sauvages, affamées... poursuivit Jonathan, appuyé contre le chambranle de la porte. Le lion a fait tomber le dresseur de la passerelle et... toute la ménagerie s'est échappée !

– Un lion ? souffla Flavia.

1. Place du marché, dans les villes romaines. C'est aussi un lieu de rencontres.

Les filles échangèrent des regards effarés.

– Et d'autres animaux aussi…

Jonathan était toujours à bout de souffle.

– Quels animaux ? demanda Nubia.

– Dis-leur, Lupus, haleta Jonathan.

C'était le moment que Lupus attendait. Il brandit sa tablette de cire et Flavia poussa un cri quand elle lut ce qu'il avait écrit :

Animaux échappés !!!

Un lion, un camelopardus, un éléphant… et un oiseau géant mangeur d'hommes !

ROULEAU II

Un oiseau géant mangeur d'hommes ?
– s'écria Flavia. Comme les oiseaux du lac Stymphale* qu'Hercule a dû tuer, dans la légende ?

Lupus acquiesça avec empressement. Il avait un œil un peu rouge.

– Vous l'avez vu ? demanda Nubia.

– Non, répondit Jonathan en entrant dans l'atrium. Mais Decimus, le fils du marchand de rouleaux, oui. Il a dit que l'oiseau était deux fois plus grand qu'un homme, avec un corps énorme, un long cou et de méchants yeux jaunes.

Lupus suivit Jonathan dans l'atrium et montra les dents d'un air sauvage.

– Ah oui, dit Jonathan, et beaucoup de dents pointues !

– Un oiseau avec des dents ? s'étonna Nubia.

Jonathan haussa les épaules.

– D'après Decimus.

– Ils ont déjà rattrapé certains des animaux ? demanda Flavia.

Elle referma la porte et s'assura que le verrou était baissé.

– Non, dit Jonathan. C'est pour ça que nous sommes venus directement ici. Pour vous prévenir qu'il ne faut pas sortir promener les chiens ou cueillir du lierre, comme hier. Apparemment, l'éléphant est parti tout droit sur le Decumanus Maximus[1] en direction de Rome, mais les autres animaux ont filé sur la plage vers la synagogue. Ils ont peut-être atteint Laurentum[2], maintenant. Ou bien ils se cachent dans les bois.

– Oh, ce que j'aurais aimé voir l'éléphant courir dans la rue principale ! s'exclama Flavia.

– Aristo ! cria Nubia.

Elle planta les doigts dans le bras de Flavia.

– Qu'est-ce qu'il a ? demanda Jonathan.

– Il est à la chasse, dit Nubia. Dans les bois.

– Et tout ce qu'il a pour se protéger, s'écria Flavia, c'est un javelot et un filet !

Les yeux de Nubia étaient ronds comme des pièces d'or.

– Nous devons le prévenir !

– Tu es folle ? fit Jonathan. Un oiseau aussi gros que le phare d'Ostia, un lion affamé et un camelopardus...

1. À l'origine une « route de camp », c'était la rue principale d'Ostia.
2. Petite ville sur la côte italienne, à quelques kilomètres au sud d'Ostia.

– C'est quoi, un camelopardus, de toute façon ? demanda Flavia.

Lupus haussa les épaules et Jonathan avoua :

– Je ne sais pas. Je pensais que toi, tu le saurais peut-être.

– On n'a qu'à regarder dans l'*Histoire naturelle* de Pline, dit Flavia. Mais d'abord, vous voulez un poculum chaud, vous deux ?

Les garçons acquiescèrent et la suivirent dans la cuisine.

– Alma ! appela Flavia. Il y a des animaux sauvages en liberté dans les bois ! Ils se sont échappés d'un navire ce matin.

– Oh là là, oh là là, dit Alma. Ce n'est pas la première fois que ça arrive. Vous feriez mieux de ne pas aller dans les bois aujourd'hui. Tu veux de l'orge ou du fromage, petit loup ?

Lupus secoua la tête. Même si son nom signifiait « loup », Alma était la seule à avoir le droit de l'appeler « petit loup ».

Les quatre amis traînèrent dans la petite cuisine, peu pressés de quitter la chaleur de la cheminée. Cela ne semblait pas gêner Alma. Tandis que les garçons dégustaient leur boisson, elle se retourna vers son mortarium[1] et continua à réduire des châtaignes en poudre.

---

1. Bol plat, en pierre ou en argile, utilisé pour broyer des aliments.

– Alors, redis-nous ce qui s'est passé, dit Flavia. Comment les animaux se sont-ils échappés ?

Jonathan posa sa tasse et essuya une moustache de fromage rose sur sa lèvre supérieure.

– Eh bien, ils pensent que le navire, qui venait d'Alexandrie, a été retardé par des tempêtes. Tout le monde a été ahuri de le voir débarquer dans le port en plein mois de décembre. Ils devaient avoir épuisé leurs vivres. Decimus a dit que les animaux étaient affamés.

Lupus grogna.

– Oui, dit Jonathan. Decimus et son père étaient en train d'installer leur stand de livres dans le forum quand ils ont entendu un énorme grognement, qui venait du port fluvial. Ils ont couru à la porte de la Marina, juste à temps pour voir l'oiseau géant passer en trombe. Et ensuite le lion. Le père de Decimus a dit que le lion venait de Nubie.

Flavia fronça les sourcils.

– Un lion de Nubie ? À quoi ça ressemble, un lion de Nubie, Nubia ?… Nubia ?

Jonathan, Lupus et Flavia parcoururent du regard la petite cuisine rouge puis, entre les colonnes enveloppées de lierre, le jardin humide.

Mais Nubia n'était nulle part.

– Elle fait tout le temps ça ! dit Jonathan, en se frappant le front. J'aimerais bien qu'elle m'apprenne à disparaître de cette façon.

Lupus hocha la tête.

– Nubia ! appela Flavia. Nubia !

Ils n'entendirent que le bruit régulier de la pluie sur les dalles en terre cuite.

– Elle a dû monter enfiler d'autres tuniques, dit Flavia. Allons la chercher.

Mais, alors qu'ils se dirigeaient vers l'escalier, Jonathan jeta un coup d'œil vers la porte de derrière.

– Vous ne pensez pas... murmura-t-il.

Les autres suivirent son regard. La porte de derrière, chez Flavia, était percée dans la muraille de la ville ; elle menait directement aux tombes de la nécropole et à la forêt qui s'étendait au-delà. En s'approchant, les trois amis virent un filet de lumière : la porte était maintenue entrouverte par une cale.

– Oh non ! s'écria Flavia.

– Elle n'aurait pas l'imprudence de...

Jonathan secoua la tête et se reprit :

– Pourquoi irait-elle dans les bois en sachant qu'il y a peut-être des bêtes sauvages en train d'y rôder ?

– Aristo ! cria Flavia. Elle est allée prévenir Aristo !

Lupus aboya, puis indiqua le jardin en haussant les épaules, les paumes levées vers le ciel.

– Tu as raison, Lupus. Elle a emmené les chiens.

Jonathan se tourna vers eux, l'air sombre.

– Lupus, prends ta fronde. Je vais emporter mon arc et mes flèches. Nous devons aller la chercher.

– Eh bien, vous n'irez pas sans moi, déclara Flavia. Attendez un instant, je vais chercher mon manteau.

Nubia suivait les trois chiens à travers les bois. La pluie était moins forte, à l'abri des pins parasols, mais la boue froide giclait entre ses orteils ; elle portait juste ses sandales pour la maison.

– Aristo ! appela-t-elle. Aristo, reviens !

Il ne pouvait pas être loin ; cela faisait peu de temps qu'il était parti.

– Aristo ! Il y a des bêtes sauvages !

Son cœur battait la chamade et elle claquait des dents. Ce qui la faisait trembler, c'était moins le froid qu'une sensation étrange, au fond de son estomac.

Nubia s'arrêta et tenta d'immobiliser ses mâchoires pour pouvoir écouter. Ensuite, comme son père le lui avait appris, elle se concentra pour utiliser tous ses sens, pas seulement l'ouïe.

Au bout d'un moment, elle eut le sentiment qu'elle devait aller droit devant et un petit peu vers la gauche. Cette impression était confuse, mais Nubia pensa qu'il lui fallait se fier à son intuition. Elle avança, sans appeler désormais, se contentant de tendre l'oreille. Les chiens perçurent son humeur et la suivirent en silence. Comme des ombres, ils se glissèrent entre les troncs mouillés, brillants, des pins parasols. La fine bruine avait fait taire tous les oiseaux ; dans les bois, le silence était total.

C'est alors qu'elle l'entendit. Un bruissement dans des buissons de myrte, devant elle. Quelque chose se déplaçait vers elle. Quelque chose de gros.

Prudemment, Nubia s'avança et jeta un coup d'œil derrière le tronc ruisselant d'un acacia. Et hoqueta de frayeur.

ROULEAU III

Lupus devançait ses deux amis de plusieurs pas quand, soudain, un chien surgit des bois.

– Voilà Scuto ! s'exclama Jonathan.

Mais le chien de Flavia ne s'arrêta pas pour les saluer. Il continua de courir, en gémissant, vers le mur de la ville. Flavia et Jonathan se retournèrent pour le suivre des yeux, ahuris.

– J'ai déjà entendu l'expression « la queue entre les jambes », commenta Flavia. Mais je ne l'avais pas vraiment comprise jusqu'à maintenant. Regardez les chiots !

Les deux petits chiens dépassèrent les trois amis à toute allure, à la suite de Scuto. Ensuite, Nubia apparut entre les arbres, son manteau volant derrière elle.

– Courez ! s'écria-t-elle. Le grand oiseau me poursuit !

Lupus resta bouche bée quand un immense oiseau noir et blanc surgit en courant d'une démarche sautillante et s'arrêta pour le toiser d'un œil énorme bordé de long cils. Il avait un long cou blanc et des pattes musculeuses. L'animal fit claquer son bec et trotta vers lui.

– Aaah ! hurla Lupus.

Il tourna les talons et courut aussi vite qu'il put vers la ville. Il n'eut pas besoin d'encourager Flavia et Jonathan à l'imiter. Ils étaient déjà loin devant lui.

– Un oiseau mangeur d'hommes ! cria Flavia en débarquant par la porte de derrière dans son jardin. Un oiseau mangeur d'hommes est à nos trousses !

Elle s'arrêta, haletante, et tint la porte ouverte. Nubia et les chiens étaient déjà à l'intérieur. Lupus entra en trombe un instant plus tard et Jonathan arriva en dernier, pantelant, la respiration sifflante. Flavia dégagea la cale d'un coup de pied, claqua la porte et se plaqua le dos dessus.

– On est tous sains et saufs ? demanda-t-elle, le souffle court.

Ils se regardèrent et hochèrent la tête. Les chiens entourèrent les amis essoufflés, en grognant et en remuant la queue.

– Flavia ! Mais qu'est-ce que c'est que toute cette agitation ?

Son père, sortant du triclinium[1], venait d'entrer dans le jardin. La pluie avait cessé et le ciel s'était

---

1. Salle à manger, généralement garnie de trois banquettes sur lesquelles les adultes s'allongeaient pour prendre leurs repas.

éclairci à présent, même si les feuilles trempées dégoulinaient toujours.

– Tu entres ici couverte de boue, en poussant des cris d'orfraie…

– Pater ! cria Flavia. Oh, Pater ! Un oiseau géant… un oiseau de Stymphale ! Je n'ai jamais rien vu de plus terrifiant…

Sa voix s'éteignit quand elle vit une silhouette arriver derrière son père. C'était une femme, que Flavia n'avait jamais vue.

Son père se tourna vers l'inconnue.

– Flavia, dit-il, un peu raide, voici Cartilia Poplicola. Cartilia est une amie de mon patron, Cordius, et elle vient de quitter Rome pour revenir à Ostia.

La femme était mince, pas très grande – elle n'avait qu'à peu près la taille de Jonathan. Elle avait les yeux marron et les cheveux noirs relevés en un simple chignon derrière la tête. Elle portait une étole crème et avait enroulé une palla[1] marron autour de ses épaules. Son sourire figé n'avait rien de naturel.

Flavia la détesta aussitôt.

Son père se tourna vers Cartilia :

– C'est ma fille Flavia, soupira-t-il. Celle qui est couverte de boue.

Flavia regarda son père.

1. Cape de femme, qui pouvait également être drapée autour de la taille ou portée sur la tête.

– Je n'y peux rien, Pater. J'ai glissé, en courant pour échapper à l'oiseau de Stymphale !

– Ne dis pas de bêtises, Flavia. Tu sais bien que les oiseaux de Stymphale n'existent pas. Si tu essaies de me faire honte...

– Non, Pater. C'est vrai. Je ne mens pas ! N'est-ce pas, Nubia ?

– Nubia n'est qu'une esclave, Flavia, dit tranquillement son père, en jetant un coup d'œil furtif à la femme. Je suis sûr qu'elle est toujours prête à dire tout ce que tu veux qu'elle dise.

– Pater ! cria Flavia. J'ai bel et bien vu un oiseau de Stymphale ! Et Nubia n'est plus mon esclave. Je t'ai dit que je l'ai affranchie il y a trois mois quand...

– Flavia ! gronda son père, la mâchoire serrée. File immédiatement aux thermes, avec Nubia. J'ai besoin de te parler de quelque chose...

Il regarda de nouveau Cartilia.

– ... et je refuse de discuter avec toi tant que tu seras dans cet état.

Avec un soupir de soulagement, Nubia descendit dans la piscine ronde remplie d'eau chaude et entra dans l'eau du côté le plus profond.

– ... c'est exactement comme s'il m'avait traitée de menteuse, disait Flavia derrière elle. Il ne m'avait jamais parlé sur ce ton.

Nubia acquiesça. Dans le caldarium des thermes de Thétis, l'eau était chaude, d'un vert laiteux, et embaumait l'huile de lavande. C'était merveilleux. Elle s'assit sur le banc de marbre installé dans l'eau fumante, qui lui arriva jusqu'au menton. Puis elle ferma les yeux en savourant cette délicieuse chaleur.

Flavia imita la voix de son père.

– « Je suis sûr que Nubia est toujours prête à dire tout ce que tu veux qu'elle dise ! »

Nubia ouvrit les yeux et regarda son amie, qui était également immergée jusqu'au menton. Flavia était toute rouge et quelques mèches châtain s'étaient détachées et collaient à son cou.

– Et il a encore dit que tu étais une esclave ! Quand va-t-il comprendre que je t'ai affranchie ?

Nubia referma les yeux. Elle savait que, lorsque Flavia était en colère, il valait mieux la laisser parler.

– Au moins, il ne te traite pas comme une esclave. Ça, je... euh... je ne le tolérerais pas !

Flavia marqua une pause. Nubia sentit les remous apaisants de l'eau contre le rebord en marbre du bassin.

– Et de toute façon, qui était cette femme ? marmonna Flavia.

Deux grosses matronnes descendirent les marches du bassin et le niveau de l'eau monta nettement.

– Viens, grommela Flavia. Allons dans les chambres chaudes.

Nubia se fraya un passage dans l'eau chaude et suivit prudemment Flavia sur l'escalier en marbre glissant. Malgré la chaleur de l'air, son corps humide eut aussitôt, dans le caldarium, une sensation de froid. Elle glissa les pieds dans ses sabots en bois, ramassa sa serviette et se hâta vers le laconicum à la suite de Flavia.

Là, c'était mieux. Le laconicum était sa pièce favorite, aux thermes. Elle était petite et sentait le pin. Nubia aimait cette chaleur sèche qui rendait la respiration difficile. Elle lui rappelait la chaleur purifiante du désert. Ces dernières semaines, elle n'avait eu vraiment chaud qu'ici.

Flavia ne supportait pas la chaleur intense du laconicum. Les deux amies gagnèrent donc rapidement le sudatorium. Nubia ne s'en plaignit pas. Il faisait chaud aussi, dans la vapeur du sudatorium. Elle guida Flavia en haut des gradins de marbre, vers le rang le plus haut : c'était le plus chaud. Elle s'assit contre le mur de marbre et recommença à se détendre. Elle voulait rester là longtemps, longtemps.

– Pater était normal ce matin, continua Flavia. Mais quand on est revenus, après que l'oiseau nous a poursuivis, on aurait dit qu'il avait changé. Il avait la tête de Pater, mais le comportement de quelqu'un d'autre ! Ça m'a fait penser à Jupiter, quand il s'est fait passer pour Amphitryon…

Nubia fronça les sourcils. Puis hocha la tête quand elle se rappela la référence.

Hercule.

Pendant la leçon, la veille, Aristo leur avait raconté que Jupiter avait pris l'apparence du père

33

d'Hercule, Amphitryon, pour pouvoir passer la nuit avec sa femme. Neuf mois plus tard, Hercule venait au monde. Nubia soupira. Parfois, les mythes grecs la rendaient vraiment perplexe.

– Peut-être... souffla Flavia, peut-être que Cartilia est une venefica[1] et qu'elle a ensorcelé Pater.

– C'est quoi, une venefica ?

– Une magicienne qui se sert de potions pour jeter des sorts aux gens ; une sorcière, expliqua Flavia. Je parie qu'elle a jeté un sort à Pater.

Il y eut un long silence. Puis Flavia dit d'une petite voix :

– Je me demande de quoi il veut me parler...

– Flavia, appela le capitaine Marcus Flavius Geminus. Viens ici.

Flavia rejoignit son père. Il se tenait dans l'atrium, devant l'autel familial. Flavia avait mis sa plus belle robe, bleu ciel, et des bottillons en cuir gris. Elle portait une palla gris perle sur les épaules et avait noué ses cheveux, encore humides après les bains, en un simple chignon.

Pendant un moment, père et fille regardèrent l'autel. C'était un placard en bois qui renfermait les masques mortuaires des ancêtres de la famille Geminus. Au-dessus, deux petites colonnes de

---

1. Sorcière utilisant des drogues, des potions et des poisons.

marbre surmontées d'un fronton et d'un toit en bois évoquaient un temple miniature.

Quand elle était petite, le lararium lui semblait immense. À présent, elle était aussi grande que lui. Flavia remarqua les offrandes du jour : un gâteau de miel et une petite bougie parfumée à la jacinthe. Un homme avec un toge drapée sur la tête était peint sur le fond en bois de l'autel : le génie de la famille Geminus. Flavia savait que ce génie protégeait la continuité de la lignée familiale. Les Lares[1] du foyer, à ses côtés, étaient représentés comme des jeunes gens vêtus d'une tunique qui voletait dans le vent, et lui servant des offrandes : du vin et du blé. Flavia vit les statuettes d'argile familières de Castor et Pollux, ainsi que de Vesta[2]. À leurs pieds s'enroulait un serpent de bronze, l'esprit gardien de la maison.

Un jour, quand elle était petite, son père l'avait surprise à jouer avec les statuettes sacrées. Elle était en train d'inventer une histoire, dans laquelle Castor et Pollux combattaient le serpent qui essayait de mordre Vesta. Son père lui avait expliqué que ce n'était pas des jouets, mais d'importants protecteurs de la maison et de la famille.

Chez certains, on priait tous les jours devant l'autel familial. Le père de Flavia, avant son nau-

---

1. Esprits gardiens de la maison. Le paterfamilias avait pour charge de veiller à ce qu'ils soient satisfaits.
2. Déesse de la maison et du foyer (où l'on faisait le feu), connue sous le nom d'Hestia chez les Grecs.

frage, allumait occasionnellement une bougie au début de la journée, et s'assurait que l'offrande de nourriture était fraîche. Mais depuis son retour, il était devenu plus fervent. Il alluma un bâton d'encens et s'inclina un moment pour prier.

Puis il se tourna vers elle.

– Flavia. Tu connais le sens du mot « piété » ?

– Euh… je crois. Énée était pieux. Ce qui signifie qu'il était… euh… qu'il faisait son devoir.

– Oui, c'est juste. Quand on est pieux, on honore les dieux, sa famille et les esprits de son foyer.

Elle acquiesça.

– Je sais que je n'ai pas été le meilleur père pour toi, poursuivit-il. J'étais souvent absent, ces temps-ci. Tu as eu Alma pour te nourrir, Caudex pour te protéger et Aristo pour t'instruire… mais visiblement l'autorité paternelle t'a manqué. Tu es très indépendante et… tu as un caractère bien trempé.

Flavia baissa la tête.

– Je t'aime beaucoup, Flavia. Peut-être trop. Je t'ai laissé prendre toutes sortes de décisions sans me consulter, bien que je sois le paterfamilias : le chef de cette famille.

Il soupira.

– Par exemple, il y a trois mois, tu as pris l'initiative d'affranchir ta nouvelle esclave…

– Mais Pollius Felix a dit…

– Je ne veux plus entendre ce nom-là ! hurla son père, et sa véhémence fit frémir Flavia. Il ne se passe pas un jour sans que tu le mentionnes. Felix a beau être un patron riche et puissant, ce n'est pas ton père. Ton père, c'est moi !

Des larmes piquèrent les yeux de Flavia. Son père n'élevait pratiquement jamais la voix avec elle.

– Flavia, j'essaie de t'élever pour que tu deviennes une jeune femme pieuse. Mais tu cours dans tout Ostia avec un juif, un mendiant et une esclave, tu prétends avoir vu des oiseaux géants, tu prétends résoudre des mystères, tu prétends être une sorte de détective… Cela doit cesser.

– Quoi ? Qu'est-ce qui doit cesser ?

Les yeux de Flavia s'étaient agrandis d'horreur.

– J'aime à penser que je suis un homme moderne. Je t'ai laissée porter une bulla[1], je me suis arrangé pour que tu reçoives une instruction, je t'ai accordé bon nombre de libertés. Mais, récemment, on m'a reproché de trop t'élever comme un garçon et il semble… eh bien, il semble que l'auteur de cette critique ait quelque raison.

– Qui ? demanda Flavia. Qui t'a critiqué ?

Il la toisa. Pendant un instant terrible, il lui parut être un étranger. Flavia se demanda de nouveau si quelqu'un l'avait ensorcelé.

– Je suis désolé, dit son père, mais à partir de maintenant, je dois t'interdire de quitter la maison,

---

1. Amulette de cuir ou de métal, souvent portée par les enfants nés libres.

quelle que soit la raison, sans mon autorisation expresse.

Flavia ouvrit la bouche, mais aucun son n'en sortit.

– J'ai aussi pensé, continua son père en lui posant les mains sur les épaules, qu'il est temps de commencer à préparer tes fiançailles. Tu auras bientôt l'âge de te marier et...

Pour la première fois depuis le début de leur entretien, il lui sourit :

–... je crois que je t'ai trouvé un mari convenable.

ROULEAU IV

Un mari ? s'étrangla Flavia. Mais, Pater… je n'ai que dix ans !

Le sourire de son père s'effaça.

– Ce ne seraient que les fiançailles. Je ne te demande pas de l'épouser avant cinq ou six ans.

Flavia essaya de déglutir, mais sa gorge était trop sèche.

– C'est le fils d'un sénateur, précisa son père. De très haute naissance. Il vit à Rome.

À présent, Flavia tremblait.

– Apparemment, il est très studieux, poursuivit son père. Il adore les livres, comme toi. Et il a ton âge.

– Mon âge ! gémit Flavia. Non, Pater. Ne me fais pas épouser un bébé.

– Flavia ! Ce serait un excellent parti pour toi. D'ailleurs, c'est ton devoir de te marier. Et d'avoir des enfants. C'est… c'est de la piété !

– Non. Je ne peux pas.

Son cœur martelait sa poitrine.

– … Je ne l'épouserai pas !

Son père soupira.

– Alors nous trouverons quelqu'un d'autre. Quelqu'un de plus âgé.

– Non ! Je ne veux pas épouser qui que ce soit !

– Quoi ?

– Je ne me marierai jamais !

– Flavia, tu es la dernière descendante de ma lignée. Si tu ne te maries pas et n'as pas d'enfants, tu mettras fin à ta descendance. À ma descendance.

Il désigna le lararium.

– Ce serait déshonorer le génie de notre famille !

Flavia déglutit avec peine.

– Je suis désolée, Pater, mais je ne peux pas, murmura-t-elle. J'aime quelqu'un que je ne peux pas avoir, alors je ne me marierai jamais. Jamais.

L'expression qu'afficha son père n'était pas de la colère. C'était une expression de stupeur.

Clignant des yeux pour refouler ses larmes, Flavia sortit de l'atrium en courant et monta l'escalier en trombe pour se réfugier dans sa chambre.

Jonathan reposa la statuette d'argile représentant une femme qu'il examinait et en prit une de gladiateur.

Il faisait des courses avec Lupus dans le forum principal d'Ostia. Le marché était animé. La population de la ville se réduisait de moitié durant les mois où la navigation était impossible, mais aujourd'hui, on aurait dit que les vingt mille habitants restants, profitant de l'éclaircie, étaient tous sortis acheter des cadeaux pour les Saturnales. Les hommes achetaient des objets en argent, les femmes des fruits confits, les esclaves et les pauvres ce qu'il y avait de moins cher : des bougies. Et tout le monde achetait des sigilla[1].

– Hé ! s'écria Jonathan.

Lupus sursauta, l'air coupable.

Il venait de soulever la tunique d'une poupée pour voir comment elle était en dessous.

Mais Jonathan ne regardait pas Lupus. Il était en train d'examiner les sigilla d'un autre stand.

– Regarde ceux-là ! Ce sont des animaux. Et ils sont en bois, pas en argile.

Lupus reposa le sigillum qu'il avait à la main et se faufila devant un soldat pour voir ce que lui montrait son ami.

– Tu as vu ! lança Jonathan. C'est l'oiseau mangeur d'hommes !

Le vendeur s'esclaffa.

– C'est une autruche. Elles ne mangent pas de viande. D'après la rumeur, il y en a une qui court en liberté dans le bosquet de Diane, devant la porte de Laurentum.

– Ah, alors c'était ça ! Hé, Lupus ! On devrait l'acheter pour Nubia.

---

1. Poupées d'argile ou de bois, cadeaux traditionnels lors des Saturnales. (Singulier : sigillum).

Lupus acquiesça et fouilla dans son porte-monnaie. Jonathan lui posa une main sur le bras.

– Ne prends pas ton argent à toi, dit-il, et il continua à voix basse : Père m'a donné cinquante sesterces[1] pour acheter des cadeaux à tout le monde. Pour Flavia, Nubia et Miriam. Et toi, bien sûr. Lequel te plairait ? Le loup ? Bon, qu'est-ce qu'on prend pour Flavia ?

Soudain, Lupus attrapa Jonathan par la ceinture et l'entraîna.

– Attention ! s'écria un homme en tunique jaune, alors que Lupus se précipitait devant lui.

– Désolé, monsieur, lui dit Jonathan avant de se tourner vers son ami : Qu'y a-t-il ?

Lupus indiqua les sigilla du stand suivant. Elles étaient également en bois. Et peintes. Le petit garçon en attrapa une. Jonathan en resta bouche bée. La petite poupée articulée était vêtue d'une toge violette et d'une couronne de lauriers dorée. Elle ressemblait trait pour trait à l'empereur Titus[2], que Jonathan avait rencontré deux mois plus tôt.

– On ne touche pas ! dit une voix. L'empereur coûte deux cents sesterces. C'est de la véritable feuille d'or sur la couronne.

---

1. Pièce d'argent. Un sesterce équivaut à peu près à une journée de salaire.
2. Fils de Vespasien et empereur de 79 à 81 apr. J.-C.

– Elles sont incroyables ! dit Jonathan, en prenant la poupée de l'empereur des mains de Lupus pour la reposer avec précaution.

Il regarda le vendeur, un jeune homme d'environ dix-huit ans, aux cheveux si clairs qu'ils en étaient presque blancs.

– C'est vous qui les avez peintes ?

– Non, dit le jeune homme. C'est un ami de mon père. Il les vend à Rome. Il m'a laissé en apporter quelques-unes à vendre ici, à Ostia. Ce sont des portraits de personnes réelles, vous savez.

Lupus, tout excité, tira la tunique de Jonathan et désigna une poupée représentant un gros homme chauve.

– Ça, c'est l'amiral Pline, dit le jeune homme. Il est mort l'été dernier. Il vivait dans la région. Il est venu voir notre échoppe à Rome une fois ou deux.

– Nous l'avons connu, murmura Jonathan, et il prit une autre statuette qu'il reconnaissait : le jeune frère de Titus, Domitien.

Il sentit qu'on lui donnait un coup dans les côtes et grogna :

– Quoi, encore, Lupus ?

Lupus brandissait une autre poupée.

– Je n'arrive pas à le croire ! souffla Jonathan, les yeux écarquillés. C'est lui ?

Lupus hocha la tête en souriant.

– On l'achète pour Flavia ?

Lupus acquiesça de nouveau.

– Et celle-ci, elle coûte combien ? demanda négligemment Jonathan.

– Oh, je ne sais pas qui c'est. Il porte juste une toge. Pas de feuille d'or. Ce n'est pas un sénateur. Sans doute un poète… Ou le patron de quelqu'un. Je peux vous le laisser pour quarante sesterces.

Jonathan hocha la tête et sortit son porte-monnaie.

– Nous allons le pr… aïe ! C'était mon pied, ça, Lupus !

Lupus écarta Jonathan d'un coup de coude et leva les deux mains.

– Dix sesterces ? comprit le vendeur. Ne me fais pas rire. Je ne peux pas vous le faire à moins de trente.

Un quart d'heure plus tard, les garçons quittaient le stand avec cinq poupées : un loup pour Lupus, un gladiateur pour Jonathan, une autruche pour Nubia, une femme avec un collier de perles amovible pour Miriam – et l'homme à la toge pour Flavia.

Lupus avait négocié le tout pour cinquante sesterces.

– Désolé de ne pas pouvoir vous en dire plus au sujet de l'homme à la toge, leur avait lancé Peromidus, le vendeur. Je n'ai aucune idée de qui ça peut être.

– Ce n'est pas grave.

Jonathan sourit à Lupus et ajouta dans sa barbe :

– Nous, si.

Nubia tentait de calmer Flavia en lui tapotant le dos quand elle entendit quatre coups sourds sur le mur de la chambre.

C'était leur signal pour ouvrir le passage secret entre leurs deux maisons.

Nubia tira le lit de Flavia pour l'éloigner du mur et commença à enlever les briques descellées. De l'autre côté aussi, des briques étaient en train de disparaître.

Scuto et Nipur reniflèrent l'ouverture qui s'agrandissait et agitèrent la queue.

– Hé! fit la voix de Jonathan. Flavia pleure?

– Oui, répondit Nubia. Son père lui a dit de se marier. Et de ne plus faire le détective.

– Hein? Pourquoi?

La voix de Jonathan était toujours étouffée.

Nubia retira une autre brique.

– Il dit qu'elle doit être une jeune Romaine obéissante et rester à la maison. Elle ne doit pas courir partout dans Ostia avec un juif, un mendiant et une esclave!

– Pauvre Flavia! lança la voix de Jonathan.

Peu après, une main tenant une tablette de cire apparut. Lupus y avait écrit :

Je ne suis pas un mendiant, je suis propriétaire d'un navire!

Enfin, la brèche fut assez grande pour permettre à Tigris et aux garçons de s'y faufiler. Ils s'assirent sur le lit de Flavia, à côté de Nubia, et le cadre en bois grinça d'une manière inquiétante. Flavia avait toujours le visage enfoui dans son oreiller. Dehors, la pluie avait recommencé à tomber.

– Ton père t'a interdit de sortir ? reprit Jonathan. Ne t'inquiète pas, Flavia. Tu vas trouver un moyen. Tu trouves toujours.

Flavia roula sur le dos et regarda ses amis avec des yeux rouges et gonflés.

– Tu veux que je te raconte une blague, Flavia ? proposa gaiement Jonathan.

Flavia cligna des yeux, puis acquiesça.

– Combien de détectives faut-il pour allumer une lampe à huile ?

Flavia secoua la tête.

– Quatre ! s'exclama Jonathan. Un pour découvrir comment l'allumer, et trois pour... euh... faire ce qu'elle dit !

Personne ne rit, mais Flavia se redressa.

– Bon d'accord, ce n'était pas une très bonne blague mais... Ce que j'essaie de dire, c'est qu'on peut quand même continuer à résoudre des mystères. Tu seras le cerveau de l'équipe et nous, on fera le boulot sur le terrain.

– Non, renifla Flavia en s'essuyant le nez sur son bras. Tu ne comprends pas. J'ai déçu mon père. Je ne pourrai plus jamais mener d'enquête.

– Flavia, dit Jonathan. Lupus et moi, on t'a acheté un cadeau pour les Saturnales, mais je crois que tu en as besoin maintenant.

Il jeta un regard à Lupus qui acquiesça et repartit par le trou dans le mur.

– Ça te remontera peut-être le moral, poursuivit Jonathan.

Lupus réapparut à travers la brèche avec le sigillum de l'homme en toge à la main.

– Regarde ! dit Jonathan avec un sourire, en tendant la poupée à Flavia.

Flavia la prit et la contempla d'un air ébahi.

Nubia l'examina aussi. Elle vit la tunique bleue et la toge blanche, les cheveux qui pouvaient être gris ou blond blanc, les points de peinture noire pour les yeux.

Flavia leva la tête vers Jonathan, bouche bée.

– C'est une petite figurine du patron. De Publius Pollius Felix, dit Jonathan. Elle est bien, non ?

– Oh, Jonathan ! Elle est merveilleuse ! lança Flavia en serrant la petite poupée contre elle.

Et elle fondit en larmes.

Flavia avait dû s'endormir car, à présent, Nubia la secouait doucement pour la réveiller.

– Flavia, souffla Nubia, Aristo est rentré sain et sauf. Il n'a pas été mangé par un lion.

– Ouf, marmonna Flavia en remontant sa couverture jusqu'au menton.

Comme elle était bien, au chaud dans son lit !

– Quelle heure est-il ? J'ai dormi ?

– Oui. C'est bientôt l'heure de la fête de fiançailles. Il faut que tu t'habilles.

Flavia regarda par la fenêtre en clignant des yeux. La lumière qui éclairait la pièce lui indiqua qu'on était au début de l'après-midi.

– Oh !

Elle grogna et laissa retomber sa tête sur son oreiller.

– Je ne peux pas y aller. Je me sens trop mal.

– Mais Flavia... Nous attendons ce moment depuis des semaines. C'est un grand jour ! Les fiançailles de Miriam !

– Non, dit Flavia. Vas-y sans moi.

De grosses larmes emplirent ses yeux. La tête tournée vers le mur, elle attendit que Nubia insiste, mais il n'y eut que le silence.

Flavia jeta un coup d'œil par-dessus son épaule.

La pièce était vide.

Elle se redressa, blessée. Alors c'était tout ? Nubia ne ferait pas plus d'efforts que ça pour tenter de la convaincre ?

Des pas lourds résonnèrent dans l'escalier. C'était son père qui montait. Flavia se rallongea en hâte et serra sa nouvelle poupée contre elle pour qu'il ne la voie pas.

– Flavia.

– Oui, Pater ? dit-elle d'une voix humble.

– Lève-toi et habille-toi. C'est un grand jour pour ton oncle et tu ne le lui gâcheras pas.

– Oui, Pater, dit Flavia.

Elle glissa la poupée de Felix sous son oreiller et se tourna vers lui.

– Veux-tu demander à Nubia de monter, s'il te plaît ?

– Je suis là, dit Nubia en passant la tête par l'embrasure de la porte.

– Je veux vous voir en bas dès que vous serez prêtes, les filles, grogna le capitaine Geminus. Nous sommes déjà en retard.

– Oui, Pater.

Nubia s'avança sur le seuil. Elle était déjà habillée : elle portait une longue robe pêche sur une tunique jaune citron, et s'était noué autour des hanches un foulard saumon garni de franges rouges. Sur les épaules, elle s'était mis une palla orange pâle qui avait appartenu autrefois à la mère de Flavia. Nubia arborait ses boucles d'oreilles en œil de tigre et tous ses bracelets de cuivre. Ses cheveux courts étaient nattés en rangées bien nettes, qui couraient de son front à sa nuque.

– Nubia ! Tu es superbe ! Qui t'a coiffée ?

Nubia sourit timidement.

– Alma. Je lui ai expliqué comment s'y prendre. Elle l'a très bien fait.

– Et tu t'es coloré les lèvres !

– Oui, avec du jus de cassis, comme on s'y était entraînées. Alma m'a aidée.

– C'est moi qui aurais dû t'aider. Et maintenant je n'ai plus le temps de me préparer !

Flavia prit un miroir en argent poli sur sa table de chevet.

– Oh ! gémit-elle. Je suis affreuse. Mon visage est tout marbré et j'ai les yeux rouges !

– Non, lui assura Nubia, loyale. Le rouge autour fait ressortir le bleu de tes yeux.

– Vous vous préparez, les filles ? appela une voix depuis le rez-de-chaussée.

– Oui ! mentit Flavia, et elle repoussa les couvertures.

Nubia lui tendit sa tunique bleu ciel.

– Je vais te coiffer, mais enfile ça vite.

– Oh, Nubia, se lamenta Flavia tout en essayant de mettre du khôl autour de ses yeux gonflés, je crois que c'est le pire jour de ma vie !

ROULEAU V

Flavia oublia presque ses soucis quand elle arriva chez Jonathan.

Elle n'avait jamais vu autant de monde dans l'atrium. Et elle ne reconnaissait personne, pas même la fille qui avait ouvert la porte. Elle avait à peu près son âge, peut-être un peu moins. Elle avait des cheveux châtains et des traits durs.

– *Shalom*[1], dit la fille, avant de lâcher un flot de paroles que Flavia ne comprit pas.

Le capitaine Geminus lui sourit.

– Désolé, dit-il, nous ne parlons pas l'hébreu[2]. Parlez… vous… latin ? articula-t-il très lentement.

– Bien sûr ! s'exclama la fille en levant les yeux au ciel.

Flavia remarqua qu'elle avait un œil vert et un œil bleu.

---

1. Mot hébreu signifiant « paix ». On l'emploie aussi pour dire bonjour ou au revoir.
2. Langue sacrée de l'Ancien Testament, parlée par les juifs religieux au Ier siècle.

– Je suis la cousine de Miriam, continua la fille. Je m'appelle Chamat.

– Bonjour, Chamat, lança le père de Flavia. Je suis Marcus. Le frère du marié. Voici ma fille, Flavia, son… amie Nubia et son tuteur Aristo.

– Capitaine Geminus ! fit Jonathan en poussant Chamat d'un coup d'épaule pour s'avancer. *Shalom !*

Il se courba.

– Entrez, je vous en prie, et venez profiter des festivités.

Flavia contempla Jonathan avec stupeur. Il portait un turban de soie verte et un caftan[1] cannelle. Ses yeux étaient légèrement soulignés de khôl, ce qui lui donnait un regard très sombre et mystérieux.

Jonathan recula et tendit le bras, invitant solennellement ses invités à entrer. Tandis qu'ils passaient devant lui pour s'avancer dans l'atrium, il adressa un clin d'œil à Flavia et à Nubia.

Flavia regarda l'atrium avec émerveillement. Des guirlandes vertes avaient été tendues entre les colonnes blanches autour de l'impluvium[2]. De petites tables rondes étaient couvertes de boules au miel et au sésame, de dattes fourrées et de pâtisseries. Il y avait aussi des sortes de gros dés, qui semblaient faits d'une farine marbrée.

---

1. Longue robe brodée.
2. Bassin rectangulaire creusé au centre de l'atrium, pour recueillir les eaux de pluie.

– Du halva, précisa Jonathan en suivant le regard de Flavia. Goûte !

Flavia obéit. C'était très épais et pas trop sucré.

– C'est fait avec des pistaches écrasées et de la farine de sésame, expliqua son hôte. Ma tante fait le meilleur halva d'Italie. Elle s'est occupée de la nourriture.

On frappa de nouveau à la porte. Jonathan leur adressa un sourire désolé.

– Excusez-moi, dit-il avec une petite révérence au capitaine Geminus, et il fila vers la porte pour l'atteindre avant sa cousine.

Mais Chamat était déjà en train de défaire le verrou.

Flavia suivit son père et Aristo d'un groupe à l'autre. La plupart des invités avaient les cheveux foncés, la peau mate et les yeux noirs. Il y avait un ou deux hommes vêtus d'un turban et d'un caftan, mais presque tous les autres étaient habillés à la romaine, avec tunique et cape. On parlait latin, grec, hébreu – langue que Flavia savait reconnaître sans la comprendre. Les femmes portaient des stolas[1] aux couleurs chatoyantes ; certaines avaient un foulard en mousseline sur la tête.

Sur le balcon, à l'étage, des musiciens engagés pour la fête jouaient de la flûte et des castagnettes.

---

1. Robe de femme, portée en général par les femmes mariées.

Alors qu'ils empruntaient un couloir pour gagner les colonnes du péristyle qui entourait le jardin intérieur, Flavia écarquilla les yeux. Deux vélums en toile rouge avaient été tendus d'un bout à l'autre du jardin, offrant une protection supplémentaire contre la fine bruine qui tombait depuis midi. Les vélums jetaient une lumière rubis dans le jardin et faisaient paraître presque noirs les arbustes d'un vert brillant. Bien qu'il fît encore jour, des lampes à huile étaient accrochées sur des colonnes tout autour, et brillaient comme des étoiles. Comme d'habitude, un parfum d'épices exotiques flottait dans la maison : cannelle, cardamome, menthe et santal.

Aristo s'arrêta brusquement ; Flavia se cogna contre son dos.

– Par Apollon ! l'entendit-elle murmurer.

Flavia se pencha pour regarder devant lui. Une foule de femmes s'était écartée et Miriam était apparue, vêtue de sa robe de fiançailles.

Flavia en resta bouche bée.

Miriam portait une robe de soie violette brodée de fil pourpre et or. Sur la tête, elle avait une écharpe mauve brodée où pendaient des dizaines de pièces d'or fin. Ses superbes yeux violets – ombrés et bordés de khôl – rayonnaient sous ses sourcils noirs et droits. Un saphir minuscule, au-dessus de sa narine gauche, soulignait le grain parfait de sa peau laiteuse.

– Par Apollon ! Je n'ai jamais rien vu d'aussi beau, souffla Aristo.

En les voyant, Miriam sourit et s'avança pour les saluer.

– Bienvenue !

Elle croisa le regard d'Aristo. Flavia vit quelque chose vaciller dans les yeux de la jeune fille. Compassion ? Regret ?

Miriam portait des bracelets en argent qui tintèrent quand elle leur tendit la main, chacun à son tour. Quand elle serra la main de Flavia, celle-ci vit que ses doigts étaient couverts de bagues en argent.

Elle se sentit soudain intimidée devant cette beauté si éblouissante. Miriam lui apparaissait comme une étrangère, et bien plus âgée que ses quatorze ans.

À cet instant, le père de Miriam s'approcha d'eux.

Le docteur Mordecaï ben Ezra arborait son caftan de soie bleue et son plus beau turban blanc. Il avait un nez fort et une courte barbe grisonnante. Ses yeux aux paupières lourdes rappelaient toujours à Flavia ceux d'une tortue.

– Marcus ! dit-il avec son léger accent. Bienvenue ! Et à vous aussi, Aristo. *Shalom*, Flavia et Nubia. Ça me fait plaisir de vous voir, tous.

Mordecaï indiqua le bureau.

– Venez prendre des rafraîchissements.

Il les guida dans le tablinum[1], où ils trouvèrent d'autres groupes d'invités en train de discuter, ainsi que de nouveaux mets exotiques sur des plateaux : anneaux de sésame fourrés à la pâte de figue, amandes enrobées de sucre, gâteaux à l'anis en forme d'étoile...

Flavia suçait une amande au miel en admirant Miriam, quand un garçon apparut à ses côtés avec un plateau de boissons.

– Merci, dit-elle en prenant distraitement une coupe de jus de pamplemousse chaud.

– Merci Lupus, dit Nubia, près d'elle, et Flavia se retourna, étonnée, pour regarder celui qui portait les coupes.

Lupus était habillé comme Jonathan, mais son turban était en soie bleu foncé et son caftan vert pâle. Comme Jonathan, il avait souligné ses yeux de khôl. Il fit pour rire une révérence solennelle et leur sourit.

– Lupus ! souffla Flavia. Tu parais tellement... exotique !

Le garçon muet, avec un signe de tête amusé, se rengorgea et partit exotiquement distribuer les boissons.

Flavia entendit un éclat de rire et la voix de son père dans la foule. Il avait l'air heureux. Elle se retourna et vit que son patron Cordius et la dénommée Cartilia Poplicola l'avaient rejoint.

1. Pièce servant de bureau, dans les maisons romaines.

Elle foudroya Cartilia du regard.

– Qui l'a invitée ? grommela-t-elle.

À cet instant, les voix et les rires s'éteignirent. Tous les regards se tournèrent vers le couloir.

Le fiancé de Miriam était arrivé.

Frais sorti des thermes, l'oncle de Flavia, Gaïus, portait une toge d'un blanc éclatant sur sa plus belle tunique bleue. Grand et bronzé, avec ses cheveux châtain clair et ses yeux gris clair, il avait l'allure type du parfait Romain. Malgré son nez cassé, il était très beau. Flavia sentit une vague de fierté, puis un coup au cœur quand son père se tourna pour le saluer et que les deux frères se retrouvèrent face à face. Ils avaient beau être jumeaux, son père Marcus faisait dix ans de plus que son frère. Certes, Gaïus rayonnait de bonheur, mais Flavia vit soudain à quel point son père avait vieilli ces derniers mois. Il avait l'air d'un vieillard de quarante ans.

Soudain, Gaïus aperçut Miriam.

Son sourire s'estompa et ses yeux s'écarquillèrent. Les conversations s'étaient éteintes et la foule était tellement silencieuse que Flavia entendit Miriam cliqueter en s'avançant vers Gaïus. Miriam s'arrêta timidement devant son futur mari. Ils restèrent un moment immobiles, dans la lueur rouge diffuse du vélum, à se regarder dans les yeux.

– Miriam… commença l'oncle de Flavia d'une voix tremblante. Miriam, reprit-il, fille de Mordecaï, en la présence de tous ces témoins, veux-tu être ma fiancée ?

Flavia ne voyait pas l'expression de Miriam car le foulard brodé couvrait son visage. Mais sa voix douce et claire dit tout.

– Oui, Gaïus. Devant tous ces témoins, je serai ta fiancée.

Il sourit et prit la main que lui tendait Miriam. Solennellement, il lui glissa une bague à l'annulaire gauche.

Ensuite, sans lâcher sa main, Gaïus se tourna pour que tout le monde puisse voir.

Flavia souffla à l'oreille de Nubia :

– Une fois qu'on s'est tenu la main en public, cela signifie qu'on est fiancés.

– Embrassez-la ! cria une femme.

Et puis une voix d'homme derrière eux :

– Oui, donnez-lui un baiser !

Miriam leva la tête et, quand Gaïus se baissa pour l'embrasser, des acclamations tapageuses éclatèrent dans la foule.

Flavia entendit une femme râler derrière elle :

– Ces jeunes n'ont vraiment pas honte ! De mon temps, un homme n'embrassait même pas sa femme en public !

– Je sais, dit l'autre. C'est scandaleux !

Elle ajouta avec dégoût :

– En plus, on voit bien qu'ils sont amoureux.

Flavia jeta un coup d'œil derrière elle pour voir les deux femmes. Elles étaient brunes ; l'une était petite et ronde, l'autre plus grande, avec des yeux aussi verts et durs que des olives pas mûres.

Elles ne la remarquèrent pas et Flavia entendit la femme aux yeux verts ajouter d'un ton sinistre :

– Ce n'est jamais une bonne idée de se marier par amour.

– Hmmpf ! grogna l'autre. On dirait que le frère du païen s'apprête à commettre la même erreur.

Flavia tourna vivement la tête vers son père.

Tout le monde se pressait autour de Gaïus et de Miriam pour les féliciter, mais son père et Cartilia étaient à tout autre chose. Serrés très près l'un de l'autre, ils souriaient en se regardant dans les yeux.

Et Flavia vit avec horreur qu'ils se tenaient la main.

Nubia vit que Flavia était pâle comme de la craie.

– J'ai envie de vomir, dit Flavia. Pater tient la main de cette sorcière.

Nubia hocha la tête, compatissante.

– Je vais vraiment vomir… insista Flavia d'une voix étrange.

Nubia prit le bras de son amie et l'entraîna doucement vers les latrines. Mais la porte était fermée.

– Nubia !… cria Flavia, et elle se couvrit la bouche avec la main.

Réfléchissant à toute vitesse, Nubia entraîna son amie vers la porte de derrière. Quelqu'un l'avait calée pour la maintenir entrouverte. Elles sortirent juste à temps.

Flavia se pencha et vomit sur l'herbe humide. Nubia lui tint doucement la tête en murmurant des paroles apaisantes dans sa langue. Quand Flavia eut terminé, elle se mit à trembler. Nubia la prit dans ses bras.

– Pater lui tenait la main, répéta Flavia d'une toute petite voix. Ça veut dire qu'il va la demander en mariage*... s'il ne l'a pas déjà fait.

– Tu devrais être heureuse pour lui, répliqua Nubia.

– Comment me réjouir ? Je ne sais même pas qui c'est, cette femme !

– Viens, dit Nubia. Je te ramène à la maison.

C'est en se retournant pour entraîner son amie à l'intérieur que Nubia aperçut Aristo. Adossé au mur en brique humide, un peu plus loin, il avait les yeux fermés et le visage levé vers le ciel. Comme Flavia, il avait les joues mouillées, mais Nubia n'aurait su dire si c'était par la pluie ou les larmes.

Le bruit des festivités et de la musique, à côté, empêcha Flavia de dormir jusque tard dans la nuit. Elle avait séché ses larmes et commencé à réfléchir. Elle roula sur le dos et contempla les poutres inclinées du toit, aux formes imprécises dans la lumière d'une unique lampe à huile.

Quelqu'un avait reproché à son père de lui laisser trop de liberté. Et, pour autant qu'elle sache, il n'y avait qu'une seule nouvelle personne dans sa vie : Cartilia.

Ça ne pouvait être que la faute de Cartilia si, maintenant, elle devait rester enfermée chez elle comme une prisonnière. C'était Cartilia qui avait mis fin à son travail de détective. Qui voulait que Flavia, en digne jeune Romaine, soit une bonne fille qui obéit à son père.

Soudain, une pensée lui noua la gorge. Son père voulait qu'elle épouse le fils d'un sénateur romain. Mais comment connaîtrait-il un sénateur ? Il ne montait presque jamais à Rome. Cartilia, elle, y avait vécu. Ce mariage était probablement son idée, pour se débarrasser de Flavia.

– Cette sorcière veut garder Pater pour elle toute seule, marmonna Flavia.

Au pied de son lit, Scuto leva la tête et la regarda.

– Mais pourquoi ? murmura Flavia.

Scuto battit le sol avec sa queue.

– Il faut que je le découvre.

Flavia roula sur le côté et regarda sa poupée.

– Si je peux prouver à Pater qu'elle est mauvaise, peut-être qu'il me laissera résoudre des mystères. Et ne me forcera pas à épouser quelqu'un d'autre, dit-elle à son Felix miniature. Alors les choses pourront rester comme elles sont.

Les yeux sombres de la poupée semblaient soutenir son regard.

– C'est un vrai mystère, lui dit Flavia, et je dois le résoudre. Si Pater ne m'autorise pas à sortir sans sa permission, il faut juste que je l'obtienne.

– On peut entrer ? La voie est libre ? murmura Jonathan en passant la tête par le trou du mur.

– Oui, acquiesça Flavia. Pater, oncle Gaïus et Caudex sont allés à Laurentum pour finir de préparer la maison.

Jonathan se faufila dans la brèche, salua Scuto et Nipur puis aida Lupus à traverser.

– Nous avons aidé Père à ranger après la fête, expliqua-t-il en se laissant tomber sur le lit de Flavia. Et il nous a accordé une pause.

Il soupira.

– Parfois, j'aimerais qu'on ait des esclaves, comme tout le monde.

Lupus hocha la tête et s'assit à côté de Nubia sur son lit. Elle portait cinq tuniques et s'était enroulée dans une couverture. Il était midi. L'air était humide, gris et froid.

– Miriam ne vous aide pas ? demanda Flavia. Après tout, c'était sa fête.

– Non, dit doucement Jonathan. Miriam est partie chez mes deux tantes. Elles vont l'aider à se préparer pour le mariage.

– Est-ce que l'une d'elles a des yeux comme des olives ? demanda Flavia en resserrant sa palla bleue autour de ses épaules.

– Oui, Keturah. La sœur aînée de Père. Il a un peu peur d'elle.

– Je le comprends, marmonna Flavia. Bon, nous allons vous aider à ranger, Nubia et moi. Pater nous a autorisées à aller chez toi aujourd'hui. C'est le seul endroit où nous ayons le droit d'aller. Ça et les thermes.

Elle posa son menton dans ses mains et fixa le mur d'un air sombre.

– Au moins, il ne passe pas la journée avec Cartilia.

Elle avait prononcé ce nom d'une voix aigre.

– Qui est cette Cartilia, de toute façon ? demanda Jonathan.

– C'est celle qui a convaincu Pater que je tourne mal. C'est à cause d'elle que je suis enfermée dans cette maison comme un oiseau en cage.

– Comment sais-tu que c'est à cause d'elle ?

– C'est évident. Pater me dit que quelqu'un lui a fait des critiques sur sa façon de m'élever et, comme par hasard, il venait de me présenter cette femme. Je suis sûre que c'est aussi son idée à elle de me marier.

Jonathan gratta Scuto derrière l'oreille.

– Qui es-tu supposée épouser ?

Flavia grogna.

– Un garçon de mon âge qui vit à Rome. Apparemment, nous nous entendrons bien parce que nous aimons tous les deux lire.

Flavia serra ses genoux dans ses bras et grommela :

– Elle ne l'aime probablement même pas. Elle est sûrement après notre argent. Notre argent imaginaire...

– Qui ?

– Cartilia, évidemment ! Si seulement je pouvais mener mon enquête... Je suis certaine que je révélerais Cartilia sous son vrai jour.

Lupus éclata de rire.

Flavia le regarda.

– Quoi ?

Il griffonna sur sa tablette de cire et la brandit :
Les Saturnales !!

– Tout le monde parle des Saturnales, dit Nubia. Mais je ne sais toujours pas qui c'est.

Jonathan gloussa.

– Les Saturnales, dit-il, c'est une fête romaine où tout le monde vénère le dieu Saturne et lui demande de faire rallonger les jours.

Flavia acquiesça.

– Les gens se donnent des cadeaux, on a le droit de jouer de l'argent et on n'a pas de leçons…

– Moi, j'aime bien les leçons, intervint Nubia.

– … et les esclaves changent de place avec leurs maîtres ! Tout est inversé et chamboulé.

Lupus avait écrit quelque chose pendant cet échange :
On choisit le roi des Saturnales, ce soir, non ?

– Lupus ! s'écria Flavia. Tu es génial !

– Quoi ? fit Nubia.

Flavia se tourna vers elle.

– La veille des Saturnales, chaque foyer choisit un roi des Saturnales. Ça peut être n'importe qui, le maître comme le plus modeste des esclaves. Ensuite, pendant les cinq jours que dure la fête, tout le monde doit faire ce que dit le roi !

Lupus approuvait vigoureusement de la tête.

– Si je suis choisie, poursuivit Flavia, je pourrai faire tout ce que je veux ! Dans la limite du raisonnable...

Soudain, elle se décomposa.

– Mais je ne serai peut-être pas choisie.

– Une fille peut être roi ? s'étonna Nubia en écarquillant ses yeux d'ambre.

– Oui, dit Flavia. N'importe qui peut être désigné. Ensuite, tu règnes pendant cinq jours.

– Ça paraît dingue, commenta Jonathan.

Flavia hocha la tête.

– Un jour, quand Néron[1] était empereur, il s'est débrouillé pour être élu roi des Saturnales. Ensuite, il a forcé les gens à faire ce qu'ils détestaient le plus, comme chanter en public ou manger un plat qui les dégoûte...

– Il était déjà empereur et il a fallu qu'il soit roi des Saturnales par-dessus le marché ? fit Jonathan en haussant les sourcils. Quel tyran !

– Comment choisit-on le roi des Saturnales ? demanda Nubia.

– On le tire aux dés, dit Flavia.

– Alors comment Néron a fait pour être choisi ? réfléchit Jonathan.

– Oh, il a triché, dit Flavia. Il a trouvé un dé pipé et...

Elle écarquilla les yeux.

– Si seulement on avait un dé pipé !

1. Empereur qui régna de 54 à 68.

– C'est quoi, un dé pipé ? questionna Nubia, l'air inquiet.

Un dé biseauté ! écrivit Lupus. Puis, avec un sourire malicieux, il fouilla dans la bourse qu'il avait à la ceinture et en sortit un petit cube d'ivoire, avec des points noirs peints sur chaque face.

Il souffla dessus et le jeta sur le sol de la chambre.

Flavia poussa un petit cri ravi et se jeta au cou de Lupus.

Le dé affichait un six.

ROULEAU VII

S ex ! s'écria Flavia Gemina.

– *Tres !* dit son père avec un sourire, soulagé de voir que sa fille avait retrouvé sa bonne humeur.

– *Quattuor*, marmonna Caudex, debout dans la grande entrée de la salle à manger.

– *Quinque*, dit Alma. C'est mon chiffre porte-bonheur.

– *Duo*, dit Nubia, et elle se tourna vers Aristo d'un air impatient.

– C'est ton tour, Aristo ! lança Flavia.

– Quoi ?

Il les regarda distraitement en fronçant les sourcils.

– On va jeter un dé pour choisir le roi des Saturnales, insista calmement Flavia. Choisis un nombre.

Aristo ajusta sa guirlande de lierre.

– *Sex*.

– J'ai déjà choisi ce chiffre. Le seul qui reste, c'est *unus*.

– Alors je serai *unus*.

Il soupira.

– Bon, où ai-je fourré ce dé ? marmonna le capitaine Geminus. Il était là il y a un instant…

Lupus s'efforça de paraître innocent.

– Par la barbe du grand Neptune ! Je l'avais mis sur cette table. Tu l'as vu, Caudex ?

– Non, maître.

Caudex paraissait perplexe.

Lupus fouilla dans sa bourse, brandit son dé et haussa les sourcils à l'attention du père de Flavia.

– Heureusement que l'un d'entre nous a toute sa tête ! dit le capitaine Geminus. Lupus, veux-tu nous faire l'honneur de lancer le dé ?

Lupus acquiesça, souffla sur le dé et le jeta sur la table en marbre. Le dé afficha un six.

– *Euge*[1] *!* cria Flavia. Je suis le roi des Saturnales !

– Félicitations, Flavia ! s'écria Jonathan, et Lupus applaudit.

Le père de Flavia adressa un long regard à sa fille, puis poussa un profond soupir.

– Je ne sais pas comment tu as fait, Flavia. Mais tu as réussi à gagner cinq journées supplémentaires de liberté. Je te conseille d'agir avec sagesse. Je suis toujours ton père et le maître de cette maison.

1. Exclamation latine signifiant « Hourra ! ».

– Ne t'inquiète pas, Pater, dit Flavia en haussant le menton. Je ne serai pas un tyran. Je promets de me servir de mon pouvoir pour faire le bien.

Lupus était content de porter ses nouvelles bottes fourrées. C'était le premier jour des Saturnales et, malgré le temps clair et ensoleillé, il faisait très froid.

La famille de Jonathan ne suivait pas les autres traditions de cette fête, mais Mordecaï avait offert un cadeau à chacun des trois amis de son fils : des bottes de cuir souple doublées de fourrure de renard.

La petite bande se tenait sous le porche de chez Flavia. Ils portaient tous leurs vêtements les plus chauds. Nubia avait enfilé toutes les tuniques qu'elle possédait, plus une paire de collants en laine du capitaine Geminus qui avaient rétréci au lavage. Elle s'était aussi enveloppée dans l'un des vieux manteaux de laine du capitaine.

– Avant de commencer les recherches sur Cartilia, commença Flavia, allons assister à la cérémonie au temple de Saturne. Pater m'a donné la permission d'y aller.

Elle sortit de sous le porche et se mit à marcher sur le trottoir froid, vers la fontaine. Lupus et les autres la suivirent. Dans la rue, d'autres gens sortaient de chez eux. En soufflant des nuages blancs, ils lançaient le salut traditionnel : « Yo, Saturnales ! »

– Pater m'a dit que Cartilia est veuve, reprit Flavia. Elle a grandi ici, à Ostia, mais ensuite elle a épousé un avocat et ils sont partis vivre à Rome. D'après Pater, son mari est mort il y a quelques années et ils n'avaient pas d'enfants, alors elle est revenue ici.

Trois hommes vêtus de manteaux colorés et de chapeaux mous en forme de cône avançaient vers eux en titubant, à contre-courant.

– Yo, Saturnales ! crièrent-ils gaiement.

Lupus remarqua que leur haleine sentait le vin.

– Yo, Saturnales ! répondirent Flavia et Nubia.

– Ils ont commencé tôt à faire la fête ! marmonna Jonathan.

– Pater m'a dit que Cartilia habite chez ses parents, en ville, poursuivit Flavia. Mais quand je lui ai demandé leur adresse, il m'a jeté un de ces regards… Je crois qu'il commençait à avoir des soupçons. C'est la première chose que nous avons besoin de découvrir : où se trouve la maison des parents de Cartilia.

– Tu as demandé à Alma ? questionna Jonathan.

– Elle ne sait rien.

Flavia fronça les sourcils.

– Ou elle ne le dit pas. Pourtant je lui ai préparé son petit déjeuner aujourd'hui.

– J'ai aidé, intervint Nubia. Nous avons fait le poculum nous-mêmes.

– Pater est retourné à Laurentum, mais avant son départ je lui ai suggéré d'inviter Cartilia à dîner ce soir. Je crois que ça lui a fait plaisir, et quand j'ai demandé la permission d'aller voir le sacrifice ce matin, il a accepté. En ajoutant que nous pouvons même nous passer de garde du corps. Depuis la mort de Venalicius, il n'y a pas eu un seul kidnapping !

Quand ils tournèrent dans la rue des Boulangers, deux jolies jeunes femmes sortirent d'une taverne en dansant.

– Yo, Saturnales ! dirent-elles en gloussant.

L'une d'elles se précipita vers Jonathan pour l'embrasser sur la joue.

– Yo !

Il bondit en arrière, surpris, puis rougit quand elle lui sourit.

L'autre femme tapota la tête de Lupus.

– Quel adorable petit garçon !

Lupus grogna et toutes deux s'enfuirent en pouffant vers la rue principale d'Ostia.

– J'aime bien les Saturnales ! plaisanta Jonathan.

Lupus fit la grimace.

– Par la barbe du grand Neptune ! s'exclama Flavia.

Ils venaient d'arriver sur le Decumanus Maximus et la rue était pleine de monde.

La foule avançait vers le temple. Le peuple d'Ostia au complet – les esclaves comme les gens libres – était paré de ses plus beaux vêtements d'hiver : longues tuniques, chaussures de cuir souple et épais manteaux de laine. Nombre d'entre eux portaient le chapeau conique en feutre des esclaves affranchis. Les chapeaux étaient rouges, bleus, verts et jaunes.

– Yo, Saturnales ! criait-on de tous côtés.

Quand les amis s'approchèrent du théâtre, Lupus entendit des tambours, des flûtes et des cloches. Ils rejoignirent une troupe de musiciens jouant un air discordant au rythme soutenu. Il y avait quatre hommes et une femme, tous vêtus de tuniques vertes avec des bottes de cuir assorties. La femme portait à la cheville un bracelet de grelots, qui tintaient en rythme tandis qu'elle dansait. Lupus s'arrêta un moment pour la regarder. Mais la foule entraîna bientôt les quatre amis plus loin.

Juste après le théâtre, ils arrivèrent sur une place sacrée. Devant eux se dressaient quatre petits temples.

Lupus grogna de nouveau : un homme venait de lui écraser le pied dans sa nouvelle botte. Lupus détestait la foule. En regardant autour de lui, il aperçut une fontaine couverte bâtie contre un mur. En un instant, il grimpa dessus et s'installa sur son toit voûté.

Là, c'était mieux. Maintenant, il avait une vue parfaite du petit temple de Saturne, avec ses colonnes de marbre noir et la statue cultuelle.

– Hé, Lupus ! appela Jonathan. Donne-moi la main pour m'aider à monter.

Peu après, les quatre amis étaient tous assis sur le toit de la fontaine et regardaient, au-dessus des têtes, le prêtre de Saturne qui venait d'apparaître à côté de la statue.

Le prêtre entonna une prière. Lupus saisit une phrase dans le bourdonnement excité de la foule : « Aujourd'hui, nous allons restaurer l'ordre ancien ; le soleil va pouvoir revenir et les jours s'allonger… » La plupart des gens ignoraient le prêtre, pour s'échanger les derniers potins. Mais le bruissement joyeux des conversations s'éteignit quand les assistants du prêtre apportèrent une dizaine de porcelets sacrés. Voilà qui avait de l'intérêt pour les spectateurs : après le sacrifice des porcelets, on les ferait rôtir afin de servir un festin public.

Lupus savait que, généralement, on droguait les animaux sacrificiels pour les rendre somnolents, mais les petites créatures roses semblaient inhabituellement nerveuses. Tandis qu'on transportait les porcelets au sommet des marches, Lupus aperçut leurs yeux écarquillés et leur naseaux frémissants. Soudain, l'un d'eux poussa un cri aigu et se libéra à force de s'agiter.

Il y eut de grands éclats de rire quand ce coquin de porcelet fonça vers la foule.

– Reviens, toi ! hurla l'assistant. Nous voulons lire tes entrailles !

Il s'élança à la poursuite de l'animal. Lupus vit la foule s'ouvrir devant le petit fugitif.

– Un peu de dignité ! tonna le prêtre de Saturne du haut des marches du temple. De dignité et de bienséance. Rien ne doit gâter le caractère sacré de la cérémonie !

Deux autres porcelets, ignorant sa remarque, se tortillèrent à leur tour pour échapper aux bras qui les emprisonnaient.

L'un disparut dans une ruelle adjacente et l'autre repartit au trot vers le théâtre ; ses petits sabots brillaient.

– Il file à Rome ! plaisanta une femme.

– C'est trop tard pour participer aux courses ! lança l'homme au porcelet.

La foule éclata de rire.

Puis, une femme hurla. Un homme poussa un juron et pointa le doigt vers les marches du temple. Une bête couleur fauve avait surgi de derrière une colonne noire.

– Un lion ! cria une voix de femme hystérique. C'est le lion qui s'est échappé !

– **S**auvez-vous ! C'est un lion ! hurla une voix dans la foule.

Quand les gens, à leurs pieds, se mirent à courir, Nubia se tourna vers ses amis.

– Ne descendez pas ! cria-t-elle. On va se faire écraser !

Lupus avait déjà commencé à descendre de la fontaine. Il jeta un regard affolé à Nubia, puis acquiesça. Ses amis l'aidèrent à remonter.

En quelques instants, la place du temple se vida. Il ne restait plus que cinq ou six personnes qui s'étaient fait piétiner dans la panique. Dont un petit garçon de quatre ans tout au plus. Il gisait sur les dalles de pierre froides, appelant sa mère d'une voix plaintive.

Nubia garda les yeux fixés sur le lion. Il descendait lentement les marches du temple. Le prêtre avait disparu. Ses assistants aussi.

– Regardez son ventre, dit Nubia aux autres. Il est très plein.

– Elle a raison, opina Jonathan d'une voix étranglée. Ou bien c'est une lionne… enceinte !

– Non, dit Nubia. C'est un lion. Regarde ses… cheveux ?

Nubia ne connaissait pas le mot latin approprié.

– Sa crinière ! souffla Flavia, tremblante. Ça veut dire que c'est un mâle ?

Nubia fit signe que oui.

– Les lions peuvent sauter ? demanda nerveusement Jonathan.

– Non. Les lions ne sont pas de bons grimpeurs.

L'animal avait atteint la dernière marche du temple. Il était de l'autre côté de la place, mais sa forte odeur musquée parvenait jusqu'à eux. Il leva le nez et renifla l'air. Nubia songea à son chiot, Nipur : il faisait exactement la même chose, parfois.

Le petit garçon sanglotait de plus en plus fort. Le lion tourna la tête et avança vers l'enfant.

Le cœur de Nubia battait à tout rompre. Elle savait qu'elle devait agir, et maintenant. Le lion, visiblement, avait mangé récemment ; il n'avait sans doute pas faim. Mais pour un carnivore, une créature blessée présente toujours de l'intérêt. Nubia espéra que les conseils de son père pour arrêter un lion étaient avisés.

Elle se laissa glisser du haut de la fontaine et atterrit doucement sur ses pieds. Le lion s'arrêta et tourna paresseusement la tête. Pendant un moment, ses yeux dorés se fixèrent sur ceux de Nubia. Mais la jeune fille vit à son regard impassible et hautain qu'elle ne l'intéressait pas le moins du monde. Le lion se détourna et reprit sa progression vers le petit garçon.

– Nubia ! siffla Flavia. Qu'est-ce que tu fais ?

Lentement, sans détacher son regard du lion, Nubia ôta sa cape marron. Puis elle marcha prudemment vers le petit garçon. Il ne pleurait plus mais frissonnait de terreur. Le lion la regarda un instant, sans cesser d'avancer.

Nubia et le lion se rapprochèrent et, quand tous deux furent à moins de deux mètres de l'enfant tremblant, Nubia jeta sa cape sur la tête de l'animal. Le lion se figea. Pendant un moment, il resta immobile. Puis il leva mollement une énorme patte et essaya de retirer la cape.

– Attrapez-le, les gars ! Maintenant ! cria une voix derrière Nubia.

La jeune fille entendit des bruits de course et le frottement de roues sur les pavés. Elle se retourna et vit une escouade de six soldats arriver en courant. Ils tiraient une grande caisse en bois munie de roues. Un homme à la peau brune, armé d'un fouet, courait derrière eux.

– Arrêtez-vous là, les gars ! cria-t-il. Attendez mon ordre !

Les soldats obéirent et l'homme (il avait l'air syrien) fit claquer son fouet.

– Pas bouger, Monobaz ! ordonna-t-il. Pas bouger !

Le lion arrêta de tirer sur la cape qui lui couvrait la tête et attendit sagement.

– Posez la cage juste devant lui, ordonna le Syrien, et levez la porte.

Les soldats s'exécutèrent. Puis l'un d'eux tourna de l'œil.

– Bon garçon, murmura le Syrien, tandis que les soldats s'occupaient de leur camarade évanoui.

Le dresseur s'avança vers le lion.

– Bon garçon, Monobaz.

Il ôta délicatement la cape de Nubia de la tête massive du lion.

– Bon garçon. Va dans ta cage, Monobaz. Il y a un bon morceau de foie de veau pour toi, là-dedans.

Le lion leva la tête et le contempla de ses yeux jaunes, plissa les paupières puis disparut dans la caisse. Maintenant, on ne voyait plus que sa queue, qui se tortillait et s'agitait comme un serpent couleur fauve. Le dresseur poussa la queue à l'intérieur et baissa la porte coulissante. Ensuite, il se tourna vers Nubia et lui tendit sa cape.

– Chère demoiselle, dit-il, je ne sais pas qui tu es ni d'où tu viens, mais tu mérites une couronne de lauriers en or. Tu as fait ce qu'il y avait de plus intelligent à faire. Et de plus courageux !

Flavia serra Nubia dans ses bras.

– Tu es une héroïne ! Tu nous as tous sauvés !

La mère du petit garçon, affolée, avait emmené son enfant sans même remercier Nubia, mais le dresseur du lion, reconnaissant, s'attardait auprès d'elle.

– Je te dois une fière chandelle ! Je m'appelle Mnason. Je suis le propriétaire de Monobaz.

Flavia l'examina de la tête aux pieds. Il avait la peau café au lait, des cheveux bruns huilés, et une barbe pointue, taillée avec soin.

– Je suis Flavia Gemina, dit-elle. La fille du capitaine Marcus Flavius Geminus. Voici Jonathan, Lupus et Nubia, l'héroïne.

– Ravi de vous rencontrer. Et surtout toi, Nubia. Puis-je te demander comment tu as eu l'idée de lui jeter une cape sur la tête ?

– C'est mon père qui me l'a appris, répondit Nubia d'un ton solennel.

– J'aimerais le féliciter pour le courage de sa fille !

Nubia baissa la tête. Flavia murmura :

– C'est impossible. Son père est mort.

– Oh, je suis désolé, souffla Mnason en se tirant l'oreille.

Flavia remarqua qu'il y portait trois boucles en or.

Les gens commençaient à revenir. Des vigiles[1] mettaient les blessés sur des brancards, et le prêtre passa prudemment la tête au coin du temple.

---

1. Gardes qui surveillaient la ville et la protégeaient contre les vols et les incendies.

– Écoute, dit Mnason à Nubia. J'aimerais te récompenser. Mais je vois que le magistrat vient dans ma direction. Peux-tu me retrouver à midi dans le forum des Corporations ? À la corporation des importateurs d'animaux ?

Nubia regarda Flavia.

– Bien sûr ! approuva Flavia.

– Bien. Maintenant, avant que le magistrat n'arrive, dites-moi vite : vous n'auriez pas vu un camelopardus quelque part par ici ?

Lupus savait que le forum des Corporations était derrière le théâtre, au bord du fleuve. Il conduisit ses amis jusqu'à l'entrée voûtée. Un portier apparut et Flavia s'avança.

– Nous sommes venus voir Mnason, dit-elle poliment. Il nous attend.

– Au corps des importateurs d'animaux, ajouta Nubia.

– Hé ! Tu es la jeune fille courageuse qui a attrapé le lion ! Tout le monde en parle ! s'exclama le portier. Mnason et son lion sont juste là. Près du temple.

Il indiqua la direction d'un joli temple au milieu d'un rectangle herbeux. Lupus reconnut le temple de Cérès, la déesse du blé. Le blé était la ressource principale d'Ostia, et la première raison de l'existence de la ville. Sans port pour accueillir les navires céréaliers venus d'Égypte, sans quais pour décharger le blé ni entrepôts pour le stocker, le million d'habitants de Rome aurait été privé de pain.

Autour de la place du temple, une colonnade de trois étages abritait les diverses corporations d'Ostia. Le père de Flavia avait raconté un jour à Lupus que « corporation » signifiait « groupe de gens ». Il s'agissait des armateurs et des propriétaires de navires, des tanneurs, des fabricants de cordages et des marins, des peseurs et des importateurs de blé, des importateurs d'autres produits utiles : huile d'olive, vin, miel, marbre, animaux exotiques…

Lupus aimait bien le forum des Corporations, à cause des mosaïques noires et blanches du sol de la colonnade couverte. Il copiait souvent les dessins d'animaux, de bateaux et de bâtiments sur sa tablette de cire. Il y avait des mosaïques de tigres, de lions, de chiens de chasse, et sa préférée : un éléphant. Il fut ravi de constater que c'était l'endoit où Mnason était installé : voici donc où se trouvait la corporation des importateurs d'animaux. Le dresseur était assis juste devant la colonnade sur une chaise en cuir pliante, les yeux mi-clos dans les faibles rayons du soleil d'hiver. Il avait une tasse de vin chaud dans une main et une tablette de cire dans l'autre. Un peu plus loin, Monobaz le lion faisait les cent pas dans sa cage.

Quand Mnason les vit approcher, ses yeux noirs s'agrandirent et il bondit de sa chaise.

– Bienvenue, mes jeunes amis ! les salua-t-il. Une tasse de vin chaud ? C'est les Saturnales, après tout !

Flavia secoua la tête.

– J'ai besoin de garder les idées claires, dit-elle. Mais merci.

Lupus s'approcha de la cage du lion et les autres le suivirent.

– Nubia, dit le dresseur. Encore merci pour ton courage. Monobaz est doux comme un agneau, mais les gens l'ignorent. Quelqu'un aurait pu le tuer. Comment puis-je te récompenser ?

Nubia le regarda timidement.

– Je peux le caresser ?

– Bien sûr. C'est tout ce que tu veux ?

Nubia hocha la tête et frissonna.

– Tu n'as pas peur de lui ? demanda Mnason.

– Non, murmura Nubia. J'ai juste froid.

– Viens ici, Monobaz. Regarde ! Tu peux le gratter derrière l'oreille. C'est comme un gros chaton.

– Oh ! gloussa Nubia. Il ronronne drôlement fort !

Mnason sourit.

– Je te l'avais dit. Les lions sont juste de gros chats.

– Sauf que les chats ne vous arrachent pas la moitié du bras d'un coup de dents ! rétorqua Jonathan.

– Je peux vous poser une question ? lança Flavia.

– Je ne peux rien refuser aux amis de Nubia, dit Mnason.

– Connaissez-vous une femme appelée Cartilia Poplicola ?

– Question inhabituelle ! s'exclama Mnason. La plupart des gens me demandent si Monobaz est un mangeur d'hommes.

– C'est pour une enquête. Je…

Flavia écarquilla les yeux.

– Euh… Monobaz est un mangeur d'hommes ?

Mnason s'esclaffa.

– Bien sûr que non.

Jonathan se tourna pour regarder l'entraîneur.

– Alors qu'est-ce qu'il a dans son ventre ?

– Un mouton, dit Mnason, reprenant une expression sérieuse. On a trouvé ses restes hier. Je vais devoir rembourser le propriétaire. Mais Monobaz ne mangerait jamais un humain. Il est aussi doux qu'un gros chaton. Je lui apprends même à tenir un lapin vivant dans sa gueule.

En voyant le regard pressant de Flavia, il haussa les sourcils.

–Cartilia… lui rappela Flavia. Cartilia Poplicola… ?

– Je ne suis pas originaire d'Ostia, mais tout le monde connaît la famille Poplicola. Ils vivent ici depuis des générations. Le capitaine du port s'appelle Lucius Cartilius Poplicola.

– Je sais. Mais il n'est pas marié.

– Eh bien, son frère Quintus est chef peseur de grain. C'est peut-être le père de Cartilia, ou son mari, si elle a pris son nom…

– Son mari est mort, dit Flavia.

– Alors ça doit être son père, dit Mnason. Je ne sais pas grand-chose de lui. Mais je crois que sa corporation est là-bas, en face, juste de l'autre côté de la place. Tu la reconnaîtras à la mosaïque : un homme en train de peser du grain.

– Merci monsieur, dit Flavia.

Elle allait traverser la pelouse quand Lupus lui donna une tape sur l'épaule et lui montra sa tablette de cire. Flavia lut la question qu'il y avait inscrite et se retourna vers le Syrien.

– Encore une question, dit-elle poliment.

– Oui ?

– À quoi ça ressemble, un camelopardus ?

– Cartilia Poplicola ?

L'Africain à la peau noire fronça les sourcils et se gratta la tête. Derrière lui et la colonne contre laquelle il s'appuyait, un groupe d'hommes buvaient et riaient. Flavia entendait des dés rouler et des pièces tinter. Elle savait que les Saturnales étaient la seule période où les jeux d'argent étaient officiellement permis.

Flavia étudia l'Africain. Chauve, il avait deux bosses inquiétantes sur la tête : l'une au-dessus de l'oreille gauche et l'autre au-dessus de l'œil droit.

– Quelle Cartilia Poplicola ? demanda-t-il.

– Il y en a plusieurs ?

Flavia essayait de ne pas fixer sa bosse du front ; elle avait la taille d'une châtaigne.

– Mon maître a trois filles. Elles s'appellent toutes Cartilia Poplicola. Vous parlez de la plus jeune ?

– Peut-être.

Tête-Bosselée regarda autour de lui, puis se pencha en avant pour lui confier :

– Il est toujours en train de s'en plaindre. Il dit qu'elle est un peu dérangée.

Flavia sentait une odeur de vin dans son haleine.

– Vous voulez dire folle ?

Il haussa les épaules, puis hocha la tête.

– C'est laquelle ?

– Je n'en suis pas sûr. Celle qu'on surnomme Paula, je crois.

ROULEAU IX

ubia ! Attention ! hurla Flavia Gemina en
– plaquant une main sur son cœur. Tu as
failli faire tomber des morceaux de coquille d'œuf
dans le bol.

– Non, répondit patiemment Nubia. Il n'y a pas
de coquille.

Elle soupira. Elle ne s'amusait pas. Elles étaient
censées préparer des omelettes pour le premier plat
du festin. Flavia était peut-être une bonne détective,
mais elle n'était pas très douée pour la cuisine.

Nubia frissonna. Elle avait beau porter toutes
ses tuniques, elle avait quand même froid. Et ses
vêtements étaient humides. Rien ne semblait jamais
sécher totalement. Le seul avantage de préparer le
dîner, c'était qu'elle pouvait rester près des braises
ardentes de la cheminée de la cuisine.

Alma rôdait dans le jardin, près du cognassier,
faisant mine de chercher un fruit oublié sur l'ar-
buste. Nubia savait que sa cuisine lui manquait.

– Tout va bien, Alma, dit Flavia sans lever la tête. Je ne casserai rien. Oh, regarde ! Du safran ! On peut en mettre dans le ragoût ?

– Attention, ma grande.

Alma abandonna le cognassier et revint en hâte sur le seuil de la cuisine. Nubia, qui était en train de battre les œufs, leva les yeux à temps pour voir l'air consterné d'Alma quand Flavia jeta six minces filaments rouges de safran dans le ragoût.

– Le safran est terriblement cher… souffla Alma.

– Ne t'inquiète pas ! dit gaiement Flavia. On ne fête les Saturnales qu'une fois par an… euh… enfin, que cinq jours par an.

– Tu vas encore faire la cuisine demain ? demanda Alma d'une petite voix.

– Bien sûr ! Nous ferons les repas tous les jours, cette semaine. Nous voulons que vous puissiez vous reposer, Caudex et toi. N'est-ce pas Nubia ? Nubia !

Flavia abandonna son ragoût et arracha le bol de céramique des mains de Nubia.

– Ne bats pas les œufs comme ça. Voilà comment il faut faire…

Les chiens couraient en tous sens sur le sol gelé, en aboyant joyeusement.

Nubia poussa un soupir de soulagement. Les chiens sont si simples… Ils ne vous disent jamais quoi faire. Ils vous aiment et c'est tout.

Elle était contente de pouvoir retourner dans les bois. Monobaz le lion était dans sa cage, tout le monde disait que l'autruche n'était pas dangereuse, et personne n'avait vu le camelopardus depuis qu'il était parti sur la plage.

Nubia observa le ciel. Elle n'en avait jamais vu de pareil : il était très bas, avec des couches gonflées de nuages roses et mauves, qui se déplaçaient tous à des allures différentes. Il était peu après midi, mais déjà la lumière baissait. Et il faisait froid. Toujours froid. Elle resserra sa cape autour de ses épaules.

En suivant les chiens dans les bois, Nubia inspira. Elle adorait l'odeur puissante et fraîche des pins parasols ; elle associerait toujours cette odeur à Ostia.

– Ostia, murmura-t-elle.

Un mot doux-amer. C'était sa nouvelle patrie, elle aimait cette ville, mais parfois le sable chaud et propre du désert lui manquait, avec son ciel immense, plein d'étoiles.

Soudain, Nubia s'arrêta.

Elle avait entendu une brindille se casser. Et un faible gémissement.

Ce n'était pas les chiens, ils étaient partis vers sa gauche et reniflaient avec entêtement le pied d'un acacia. Était-ce encore l'autruche ? Ou le camelopardus ?

Nubia entendit de nouveau le gémissement distant.

Elle s'avança en silence.

Oh !

Elle posa une main sur un pin parasol pour retrouver son équilibre.

Le couple se trouvait à quelque distance de là. Un homme et une femme, enlacés dans une étreinte passionnée. Nubia sentit le sang bouillant lui monter au visage. Elle se rapprocha de l'arbre. Son écorce rugueuse, humide, était fraîche contre sa joue. Elle ne pouvait pas voir le visage de la femme sous la capuche de sa cape sombre, mais, quand l'homme se déplaça légèrement, elle reconnut ses cheveux bouclés et sa courte cape de chasse rouge.

C'était Aristo.

– Alors, Cartilia, dit Flavia Gemina en posant un plat d'omelettes sur la table devant la banquette centrale. Parlez-nous de vous. Racontez-nous tout.

Flavia et Nubia avaient préparé le premier festin des Saturnales entièrement seules. Nubia était dans la cuisine, en train de garnir le plat principal, pendant que Flavia servait l'entrée.

En reculant, Flavia vit son père froncer les sourcils. Il était allongé à côté de Cartilia. Aristo occupait la banquette de droite et Alma et Caudex, plutôt raides, celle de gauche.

Jonathan et Lupus n'étaient pas là ; ils étaient chez eux, et suivaient le début du shabbat[1] avec Mordecaï.

---

1. Jour de repos hebdomadaire pour les juifs. Il commence le vendredi soir à la tombée de la nuit et s'arrête le samedi soir. Durant cette journée réservé au culte divin, certaines activités sont interdites.

– Vous avez une grande famille ? demanda gentiment Flavia à Cartilia, ignorant le regard d'avertissement de son père.

Cartilia avala une bouchée d'omelette.

– Oui. Nous sommes cinq. Mon père et ma mère, mes deux sœurs et moi. Mon pauvre père est entouré de femmes.

Flavia rit chaleureusement, puis s'interrompit.

– Et que fait votre père ?

– C'est l'un des principaux agents dans le commerce du blé, à Ostia.

Cartilia avala une autre bouchée de son omelette. Flavia regarda les autres.

– Hé ! dit-elle. Pourquoi vous ne mangez pas votre omelette, vous ?

– Elle est un peu trop salée pour moi, dit Aristo, et il reposa sa cuillère.

– Et elle a un fort goût de poisson, Flavia, ajouta son père.

– Et elle est un peu gélatineuse, marmonna Caudex. J'aime pas les œufs baveux. Ça me noue le gosier.

Alma soupira et pinça les lèvres.

– Eh bien, se défendit Flavia, la recette demandait beaucoup de garum[1]. Et j'ai eu un petit accident avec la salière. Faites attention, il y a peut-être quelques tessons d'argile.

---

1. Sauce préparée à base d'entrailles de poisson, et extrêmement populaire comme assaisonnement pour la nourriture.

Flavia se tourna de nouveau vers Cartilia et l'approuva d'un hochement de tête en la voyant continuer à manger.

– Donc, l'encouragea-t-elle, vous avez deux sœurs.

– Oui, dit Cartilia. Je suis l'aînée. Ma sœur cadette est mariée. Elle habite à Bononia[1], dans le nord. Et ma plus jeune sœur, Diane, vit ici, à Ostia. Elle n'est pas encore mariée, bien qu'elle ait bientôt dix-huit ans. Elle vit encore chez mes parents.

Nubia entra avec le plat suivant, des lentilles et du ragoût de poulet.

– Où habitent vos parents ? Vous vivez chez eux, vous aussi ? demanda Flavia.

– Oui. Nous possédons l'une des vieilles maisons qui se trouvent derrière le temple de Rome et d'Auguste.

Soudain, Flavia fronça les sourcils.

– Votre sœur s'appelle Diane ? Je croyais que vous vous appeliez toutes Cartilia.

– En effet, confirma Cartilia avec un sourire, en absorbant le reste de son omelette baveuse avec un morceau de pain carbonisé. Diane n'est que son surnom.

– Et vous, vous avez un surnom ?

– Oui, dit Cartilia, les yeux brillants. Mes parents m'appellent Paula.

1.Nom antique de la ville actuelle de Bologne, au nord-est de l'Italie.

En inspirant vivement, Flavia jeta un coup d'œil à Nubia, qui était en train de servir le ragoût.

– Et comment s'appelait votre mari, déjà ? demanda-t-elle.

Le sourire de Cartilia disparut.

– Postumus, dit-elle d'une voix basse. Postumus Sergius Caldus.

– Il est mort subitement ?

– Flavia !

– Désolée, Pater, dit Flavia.

Mais elle avait vu le sang disparaître des joues de Cartilia et ça, elle ne le regrettait pas.

– Elle est louche, et pas seulement parce qu'elle a mangé mon omelette, souffla Flavia à sa poupée de Felix. Elle sourit trop.

Il faisait nuit. Elle entendait la respiration régulière de Nubia, dans le lit d'à côté. Les chiens dormaient, eux aussi, blottis au pied des lits. Flavia, elle, était trop agitée pour dormir.

– Et elle a paru très nerveuse quand j'ai mentionné son mari décédé.

Dans la lumière tremblotante d'une lampe à huile mouchée, les yeux de la poupée semblaient lui renvoyer son regard.

– Si je peux prouver à Pater qu'elle n'est pas ce qu'elle a l'air d'être, peut-être qu'il me laissera continuer à résoudre des mystères. Et qu'il ne me forcera pas à épouser quelqu'un d'autre.

Flavia se blottit sous sa couverture de laine et contempla un moment le visage de la petite poupée. La ressemblance était vraiment frappante.

– Bonne nuit, Felix, murmura-t-elle. J'espère que je vais rêver de toi cette nuit.

En effet, cette nuit-là, Flavia fit un rêve. Mais il ne s'agissait pas de Felix.

Des chiens la poursuivaient à travers bois sur le flanc escarpé d'une montagne. Elle courait, courait. Finalement, elle émergeait dans une clairière et s'arrêtait en dérapant au bord d'un précipice. En contrebas, la mer se heurtait à des rochers pointus. Pas moyen de s'échapper par là.

À peine s'était-elle retournée qu'elle vit un lion à crinière noire jaillir des bois et se jeter sur elle. Flavia tenta de crier. Au même instant, un homme musclé, vêtu d'un pagne, attaqua le lion et le plaqua au sol. Impuissante, Flavia les regardait se débattre, s'empoigner l'un l'autre de toutes leurs forces, en montrant les dents. Enfin, le lion resta immobile par terre, et le héros se tourna face à elle. Il avait des yeux gris-bleu et des cheveux de la même couleur fauve que la fourrure du lion. La sueur faisait briller ses muscles gonflés et sa poitrine fière se soulevait et retombait tandis qu'il reprenait son souffle. Elle savait que c'était Hercule.

– Flavia Gemina, dit-il. Avec mon aide, tu as réussi la première épreuve. Mais tu dois en accomplir onze autres, comme moi.

– Quoi ?

– Tu dois effectuer douze travaux. Ainsi, tu pourras racheter ta faute.

– Quelle faute ? s'écria Flavia dans son rêve. Qu'est-ce que j'ai fait de mal ?

Hercule secoua tristement la tête.

– Tu as commis le même crime que moi, dit-il.

Et il disparut.

ROULEAU X

Il a disparu et c'était tout ? demanda
– Jonathan.

Flavia hocha solennellement la tête. C'était le
deuxième jour des Saturnales et les quatre amis, assis
sur une banquette dans le triclinium des Gemini,
regardaient travailler le peintre. Il avait enduit le premier mur de chaux la veille, et traçait à présent des
esquisses avec une baguette de charbon de saule.

Jonathan fronça les sourcils :

– Et tu penses que ce rêve t'a été envoyé par les
dieux ?

– J'en suis sûre.

– Dans ton rêve, Hercule a dit que tu devais
racheter une faute… Comme un péché ?

Flavia acquiesça de nouveau et Jonathan
remarqua qu'elle tenait la poupée de Felix sur ses
genoux.

Quelle faute ? inscrivit Lupus sur sa tablette de
cire.

– J'y ai réfléchi, dit Flavia. Je crois que j'ai commis le même crime qu'Hercule.

– Mais Aristo nous a dit qu'Hercule avait tué sa famille ! intervint Nubia.

– Et ce n'est clairement pas ton cas ! renchérit Jonathan en riant.

Son sourire disparut quand Flavia hocha la tête.

– Mais si. C'est exactement ce que j'ai fait.

Ses trois amis la fixèrent, les yeux écarquillés.

– Quand j'ai annoncé à Pater que je ne me marierais jamais, il a dit que j'annihilais ma lignée. Vous ne comprenez pas ? demanda-t-elle en regardant les visages perplexes de ses amis tour à tour. Je suis la dernière descendante de mon père et, si je ne me marie pas, je tue ma future famille !

– Tu ne te marieras jamais ? s'étonna Jonathan. Jamais jamais ?

Flavia baissa les yeux et contempla la statuette de Felix.

– Non, souffla-t-elle. J'aime quelqu'un que je ne pourrai jamais avoir.

– Alors Hercule est venu te voir en rêve et t'a dit que tu devais réaliser douze travaux. Lesquels ?

Flavia baissa la voix :

– Je crois que je sais ce que je dois faire. Cette femme, Cartilia, a ensorcelé Pater. Elle veut l'épouser et se débarrasser de moi. Je dois découvrir pourquoi, et je dois l'en empêcher. Ensuite, tout sera comme avant et Pater sera de nouveau heureux. Je crois que les douze travaux me fourniront les indices pour arrêter cette femme.

– Quels sont les travaux qu'Hercule a dû effectuer ? demanda Nubia.

– Sa première tâche fut de tuer un énorme lion à mains nues. Je n'ai pas tué de lion, mais toi tu en as maîtrisé un, Nubia, et cela nous a permis de découvrir quelques indices : le surnom de Cartilia est Paula, et elle est un peu folle. Maintenant, voyons si je me rappelle les autres travaux. Aristo nous a appris un moyen de nous les remémorer dans l'ordre...

Lupus leva la main et commença, excité, à écrire sur sa tablette de cire.

Lion

Hydre

Biche

Sanglier

Écuries

Oiseaux mangeurs d'hommes

– C'est ça ! s'exclama Flavia. La deuxième tâche d'Hercule fut de tuer un monstre appelé une hydre, sa troisième de capturer une biche* consacrée à Diane*, sa quatrième de capturer un sanglier* furieux, sa cinquième de nettoyer les écuries d'Augias* et sa sixième de tuer les oiseaux mangeurs d'hommes du lac Stymphale*.

Flavia marqua une pause et fronça les sourcils.

– Impressionnant ! commenta Jonathan en regardant la tablette de Lupus. Tu te sers de la méthode d'Aristo ?

Lupus opina et leur adressa un sourire fier. Il avait complété la liste.

Taureau de Crète
Juments mangeuses d'hommes
Ceinture de l'Amazone
Troupeau de bœufs
Pommes d'or
Cerbère

Flavia hocha la tête.

– Exact, Lupus ! Sa septième tâche fut de capturer le taureau de Crète*, la huitième de s'emparer de juments* mangeuses d'hommes, la neuvième de récupérer la ceinture de la reine des Amazones*, la dixième de capturer le troupeau de bœufs* dédié à Junon[1]. Ses deux derniers travaux furent de cueillir les pommes d'or des Hespérides*, au bout du monde, et de ramener des Enfers Cerbère*, le chien à trois têtes.

Jonathan était perplexe.

– Ça signifie que tu dois tuer une hydre et capturer une biche et aller au bout du monde pour cueillir des pommes ?

– Je ne crois pas que je doive vraiment accomplir ces travaux, dit Flavia. Hercule l'a déjà fait. Mais chaque tâche m'indiquera une piste à suivre pour découvrir la vérité sur Cartilia.

– Ça me paraît un peu dingue.

---

1. Reine des dieux romains et femme de Jupiter. Junon est la déesse de la naissance.

– Peut-être, dit Flavia, mais quand je suis descendue ce matin, les dieux m'ont envoyé un autre signe qui confirmait mon impression.

Elle désigna le peintre.

– Lui. Il s'appelle Hercule.

– Il s'appelle Hercule ?

Jonathan se mit à ricaner. Le peintre nommé Hercule était petit et chauve, avec des épaules tombantes et un menton fuyant.

– Quand je suis descendue, reprit Flavia, je l'ai trouvé en train de faire ces esquisses. Je lui ai demandé ce qu'il allait peindre et il m'a dit... Eh bien, vous n'avez qu'à voir par vous-mêmes.

Jonathan examina les scènes ébauchées sur le mur blanc.

– La première scène montre un homme nu en train de se battre avec un lion, dit-il, et dans la suivante l'homme nu a gagné, visiblement, parce qu'à présent il porte la peau du lion et... Par les sourcils du grand Jupiter ! C'est Hercule !

– Hé oui ! Hercule le peintre est en train de peindre les douze travaux d'Hercule le héros. Comme signe, difficile de faire plus clair.

Lupus l'approuva.

– Flavia, dit Nubia, si tu n'as jamais d'enfants, peut-être que ton père devrait en avoir d'autres.

– Mais pas avec Cartilia.

Lupus haussa les épaules comme pour dire : « Pourquoi pas ? »

– J'ai un pressentiment, insista Flavia. Quoi qu'il en soit, je pense que chacun des douze travaux me donnera un indice ; donc, à la fin de ma quête, je connaîtrai la vérité. Hier, avec l'aide de Nubia, nous avons vaincu le lion. Le prochain indice aura un rapport avec une hydre.

– Mais une hydre est un chien à tête de serpent... fit remarquer Nubia.

– Où est-ce qu'on en trouve ? demanda Jonathan.

Lupus leva sa tablette de cire :

La fontaine de l'Hydre !

– Bien sûr ! s'écria Jonathan. Dans le quartier où nous habitions avant, près de la porte de la Marina, il y a une fontaine qui s'appelle comme ça. Une vieille dame en train de filer de la laine est toujours assise à côté. On l'appelle Dame Sagesse. Ça te paraît intéressant ?

– C'est parfait ! dit Flavia. Absolument parfait.

À la fontaine de l'Hydre, sept jets d'eau jaillissaient de sept têtes de serpent. Ils trouvèrent la vieille dame assise non loin, sur le perron de sa maison.

Minuscule, vêtue de noir, elle était bossue et ses mains ressemblaient à des pattes griffues. Elle avait la tête baissée et on voyait des taches de peau rose à travers ses fins cheveux blancs. Sur une masse de laine grise, empilée sur un tabouret à côté d'elle, dormait un chat de la même couleur. La vieille dame filait la laine. Nubia regardait avec fascination le fil de laine émerger d'entre ses doigts noueux.

– Bonjour, dit-elle poliment. C'est vous, Dame Sagesse ?

La vieille leva brusquement la tête vers eux et Nubia étouffa un cri. Elle avait un œil vitreux, grisâtre et, là où l'autre aurait dû se trouver, rien qu'une orbite vide.

– La sagesse n'existe pas, dit-elle.

Sa voix était aiguë et claire, comme celle d'un enfant.

– Mais les dieux donnent de la perspicacité à certains. Et d'autres parmi nous sont tout simplement là depuis très longtemps, dit-elle en gloussant.

– Mais êtes-vous celle qu'on appelle Dame Sagesse ?

– Certains m'appelle Lusca, car je n'ai qu'un œil[1]. D'autres m'appellent Annus, parce que je suis née l'année où Octave a été proclamé empereur.

Flavia hoqueta.

– Mais ça voudrait dire que vous avez…

– … plus de cent ans ! s'exclama Jonathan.

– Impossible, grogna Flavia.

Nubia retint sa respiration. C'était extrêmement grossier de contredire quelqu'un qui avait les che-

---

1. *Lusca*, en latin, est la variante féminine du mot signifiant « borgne » (note de la traductrice).

veux gris. Dans le clan de Nubia, on apprenait aux enfants à honorer les anciens. Alors elle s'avança et joignit doucement les mains, puis se mit à genoux.

– Merci, Nubia, de me témoigner du respect.

– Comment savez-vous qu'elle s'appelle Nubia ? s'étrangla Flavia.

– J'écoute. Les gens parlent quand ils viennent ici, à la fontaine de l'Hydre.

– S'il vous plaît, demanda Flavia, puis-je vous poser une question ?

– Tu peux me la poser. Mais je ne répondrai peut-être pas.

Flavia chercha sa bourse. Nubia tenta de la retenir en lui posant la main sur le bras, mais Flavia se dégagea.

– Je peux vous payer, dit-elle. Un denier[1].

En inspirant brusquement, la vieille dame braqua son œil unique sur Flavia.

– Tu crois qu'on peut acheter la sagesse, Flavia Gemina ? Non ! Mais comme Nubia a montré du respect, je répondrai à une question.

– Merci, dit Flavia. S'il vous plaît, pouvez-vous nous dire où Cartilia…

– Une question de mon choix ! coupa Dame Sagesse.

Vaincue, Flavia se tut. Nubia retint sa respiration et attendit la voix de la sagesse.

---

1. Pièce d'argent. Un denier valait quatre sesterces.

– Cartilia Poplicola vit dans la rue des Vergers, dit la vieille. La maison avec la porte bleu ciel. Vous ne pouvez pas la rater : le heurtoir est en forme de massue, comme celle d'Hercule.

La vieille dame leva sa patte griffue :

– Je veux bien cette pièce d'argent, maintenant.

– La troisième tâche d'Hercule, dit Flavia aux autres quand ils furent assez loin pour que la vieille dame ne puisse plus les entendre, fut de capturer la biche* vouée à Diane. Ce prénom ne vous rappelle pas quelqu'un ?

Jonathan acquiesça.

– La sœur de Cartilia !

– Nous savons où elle habite, reprit Flavia en s'arrêtant devant la maison au heurtoir en forme de massue. Mais nous ne pouvons pas simplement frapper à la porte et débarquer comme ça. Nous avons besoin d'un prétexte pour lui rendre visite. Heureusement, c'est les Saturnales. Nous pouvons apporter un cadeau à Cartilia, ainsi ils nous inviteront à entrer !

– Qu'est-ce qu'on va lui donner ? demanda Nubia.

– Je ne suis pas sûre. Traditionnellement, pour les Saturnales, on offre un sigillum, ces petites poupées, tu sais… ou un objet en argent, ou des bougies, ou de la nourriture… C'est ça ! Nous allons piller le garde-manger.

– Pendant ce temps, proposa Jonathan, on pourrait s'occuper de la quatrième tâche, Lupus et moi.

– Bonne idée, dit Flavia. La quatrième tâche d'Hercule fut de capturer le sanglier d'Érymanthe. Où peut-on trouver un sanglier, à Ostia ?

– On pourrait peut-être aller à la chasse ? suggéra Jonathan avec espoir.

Flavia le regarda durement.

– Tu n'essaierais pas de te défiler, Jonathan ?

– Bien sûr que non !

Lupus claqua des doigts et écrivit *Brutus* sur sa tablette de cire.

– Ah, oui ! dit Jonathan. Lupus et moi, nous avons vu un énorme sanglier devant l'échoppe du boucher, il y a deux jours. Il paraît qu'il l'a attrapé lui-même.

– Ça m'a l'air prometteur, dit Flavia. Brutus est toujours au courant des derniers ragots. Allez-y, les garçons, pendant que Nubia et moi apportons un pot de pruneaux à Cartilia. On se retrouve chez moi à midi. D'accord ?

– Génial, ironisa Jonathan. Une visite chez un marchand de porc le jour de shabbat. Père serait tellement content...

Quand Flavia cogna le heurtoir de la porte bleu ciel, Nubia regarda autour d'elle. Les volets des échoppes, de chaque côté de la maison de Cartilia, étaient baissés, mais de la musique venait d'une taverne, un peu plus loin, et des flots de gens chahuteurs se déversaient dans la rue.

– Ces maisons sont les plus anciennes d'Ostia, lui dit Flavia. Pater m'a raconté qu'elles étaient là avant même la construction de l'enceinte de la ville.

Il commençait à pleuvoir. Nubia frémit et resserra sur elle la vieille cape couleur noisette du capitaine Geminus.

– Attendons encore un peu. Les esclaves de la maison sont sans doute là-bas, à la taverne du Paon.

En effet, un moment après, elles entendirent le verrou grincer, et la porte s'ouvrit brusquement. Une grande femme à la coiffure sophistiquée apparut sur le seuil. Elle n'avait pas de cheveux gris, mais Nubia devina qu'elle avait plus de quarante ans.

– Bonjour mesdemoiselles, que puis-je faire pour vous ? demanda-t-elle.

– Est-ce bien ici la maison de Quintus Cartilius Poplicola ? demanda poliment Flavia, et elle brandit le bocal en céramique rempli de pruneaux. Nous sommes venues apporter un cadeau de Saturnales pour sa fille Cartilia.

Le visage de la femme s'illumina.

– Comme c'est gentil ! De laquelle de mes Cartilia parles-tu : Diane ou Paula ?

Nubia et Flavia échangèrent un rapide coup d'œil.

– Paula, dit Flavia.

– Elle n'est pas ici pour le moment…

La femme inclina la tête sur le côté.

– Ai-je raison de penser que tu es la fille du capitaine Geminus ?

– Oui. Je suis Flavia Gemina, et voici mon amie Nubia.

– Alors entrez ! Je suis la mère de Paula, Vibia.

Elle recula en souriant et fit signe aux filles d'entrer. Nubia rendit son sourire à la mère de Cartilia tandis qu'elles traversaient le vestibule. La femme avait un regard chaleureux et plein de bonté. Sa coiffure compliquée était démodée, mais tout de même très impressionnante.

– Mon mari non plus n'est pas ici pour le moment, ajouta Vibia. Il s'occupe de ses clients au forum des Corporations. Mes deux filles sont sorties, et bien sûr les esclaves aussi : ils font la fête.

À sa suite, elles traversèrent un atrium lumineux et glacial puis entrèrent dans un tablinum aux murs rouges, qui sentait le clou de girofle et le parchemin. Nubia gagna directement le trépied de bronze rempli de braises ardentes et réchauffa ses mains au-dessus.

– Moi aussi, je souffre du froid, confia Vibia. C'est le bureau de mon mari, ici, mais cela ne le dérange pas qu'on s'y installe.

– Oh ! s'exclama Flavia en s'approchant d'un rouleau ouvert sur la table. Il est en train de lire Apollodore[1] !

1. Auteur grec qui écrivit un compte rendu des mythes grecs.

– Non, dit Vibia en souriant. C'est moi.

– L'histoire de Diane ? demanda Flavia en parcourant le rouleau.

– En effet. Vin chaud aux épices ? proposa Vibia en désignant une cruche d'argent.

Nubia hocha la tête.

– Avec beaucoup d'eau, merci, dit Flavia, avant d'ajouter : j'étudie le mythe d'Hercule en ce moment.

Le visage de Vibia, qui versait le vin fumant dans des tasses d'un noir brillant, s'éclaira.

– Mon père prétend qu'Hercule est son ancêtre, dit-elle. Je vous en prie, asseyez-vous.

Elle leur tendit leurs tasses et ajouta :

– Je trouve qu'Hercule est un héros très complexe, et pas toujours sympathique.

Nubia huma le vin épicé et but une gorgée. C'était bon : pas trop sucré, ni trop fort.

– Je m'intéresse particulièrement aux douze travaux d'Hercule, déclara Flavia.

Vibia hocha la tête.

– On parle de douze travaux, mais quand on fait le compte de tous ses exploits, ça fait beaucoup plus.

– Ah oui ? s'étonna Flavia.

– Des châtaignes grillées ! s'écria Vibia.

– Hercule a dû faire griller des châtaignes ?

– Non, non. Je vous en propose. Ma deuxième fille adorait ça, mais le reste de la famille ne partage pas ma passion pour les châtaignes. J'en ai acheté un panier la semaine dernière et j'attendais quelqu'un avec qui les déguster.

Elle reposa sa tasse.

– J'en ai pour un instant.

Vibia quitta la pièce. Dès qu'elle fut sortie, Flavia se leva et se promena dans le bureau, sa tasse à la main, touchant délicatement les objets sur le bureau et lisant les étiquettes des rouleaux dans leurs niches. Nubia examina la pièce, elle aussi, mais resta assise, à siroter son vin. Le bureau, comme tant d'autres à Ostia, avait des murs rouge cinabre et peu de meubles, quoique élégants. Un sol de mosaïque noire et blanche était caché presque partout par un tapis oriental usé. Nubia songea que c'était ici la maison de quelqu'un qui avait été riche autrefois, mais n'avait plus les moyens de remplacer les objets coûteux.

Vibia revint avec un bol de châtaignes et un petit couteau de cuisine pointu.

Flavia, depuis les étagères à rouleaux, se retourna et dit :

– Je vois que vous avez la pièce d'Euripide sur Hercule.

– Oui, dit Vibia, en découpant une incision dans l'une des châtaignes avant de la jeter sur les braises. J'adore le théâtre, et cette pièce-là est particulièrement bonne.

Elle jeta une autre châtaigne sur les braises et sourit.

– Ça me fait plaisir de rencontrer une jeune fille cultivée. J'ai essayé d'enseigner la littérature classique à mes trois filles.

– Bonjour, Mater !

Nubia tourna la tête et vit un garçon mince d'environ seize ans entrer dans le bureau. Il portait une courte tunique rouge. Dans une main, il tenait un arc et, dans l'autre, deux bécasses au long bec.

– Bonjour, dit Vibia d'un ton retenu.

Le garçon posa les oiseaux morts sur le bureau et tourna ses yeux bordés de longs cils vers les filles. Nubia le contemplait avec stupeur. Elle n'avait jamais vu un garçon aussi beau. Il avait des lèvres pulpeuses et ses joues bronzées étaient lisses comme du marbre. Ses cheveux courts et duveteux étaient du même brun que la poitrine des bécasses.

Flavia aussi avait les yeux écarquillés. Elle fixait la poitrine du garçon, et soudain Nubia comprit pourquoi.

– Les filles, dit Vibia en soupirant, j'aimerais vous présenter ma petite dernière, Cartilia, que nous appelons Diane.

– **P**ar la barbe de Neptune ! souffla Flavia. Tu as les cheveux courts !

Hormis chez les esclaves, elle n'avait jamais vu de fille aux cheveux courts. Elle en avait entendu parler dans les livres, savait que certaines femmes se rasaient la tête dans des cas extrêmes de grand chagrin ou de deuil, mais voir une fille de bonne famille avec la tête découverte et une coupe d'esclave, quel choc !

– Qui t'a fait ça ? explosa-t-elle.

Diane tourna ses grands yeux bruns vers Flavia et leva légèrement le menton.

– Je me le suis fait moi-même, le mois dernier. Je déteste les hommes et je ne veux jamais me marier. Je veux être comme Diane, la vierge chasseresse.

Vibia sourit d'un air désolé.

– Ma fille a des idées radicales. Tu veux du vin épicé, chérie ?

– Non merci, Mater, je file à la taverne retrouver mes amies. Ensuite je retourne à la chasse.

– Vêtue de cette petite tunique courte ? dit Vibia.

– Oui, Mater, dit froidement Diane. Vêtue de cette petite tunique courte.

– Vous avez du nouveau ? demanda Flavia en vidant sur la banquette le cône de papyrus plein de châtaignes grillées.

Jonathan prit une châtaigne et secoua la tête.

– Désolé. On n'a fait que traîner dans les parages pendant une heure, en écoutant tous les hommes raconter leurs histoires de sangliers furieux.

Flavia éplucha une châtaigne.

– Je suppose que nous devons trouver un autre sanglier.

Il était midi, et les quatre amis s'étaient retrouvés chez elle. Assis sur une banquette, dans le triclinium, ils regardaient travailler Hercule le peintre. Le brasero qui rougeoyait au centre de la pièce ne réchauffait guère l'air froid.

– Il est très doué, murmura Jonathan en indiquant du menton le petit homme, qui leur tournait le dos.

Lupus approuva avec enthousiasme.

Hercule tapotait rapidement le mur humide avec son pinceau, appliquant la couleur avant que le plâtre ne sèche. Il était en train de peindre la quatrième tâche d'Hercule : la scène montrait le héros transportant un sanglier sur ses épaules.

– Pourquoi Hercule n'a-t-il pas de vêtements ? demanda Nubia. Il n'a pas froid ?

– Ça montre que c'est un héros, expliqua Flavia. Un héros est un homme mi-mortel, mi-dieu. Tu te rappelles ? Hercule était le fils de Jupiter.

– Miam ! dit Jonathan. Ces châtaignes sont délicieuses ! Et vous, ça a marché ce matin ?

Flavia fit signe que oui.

– Nous avons rencontré la petite sœur de Cartilia : Diane. Elle s'habille comme un garçon et elle a les cheveux courts !

Lupus désigna la tête de Nubia et haussa les sourcils.

– Oui, je sais que Nubia a les cheveux courts, mais c'est une ancienne esclave. Et de toute façon, ça lui va bien, à elle. Sur Diane, ça fait très bizarre.

Jonathan éplucha une autre châtaigne.

– Elle ressemble à un très beau garçon ?

– Exactement.

– Alors je crois que je l'ai vue chasser dans les bois une fois ou deux. Dans le bosquet de Diane.

– C'est sûrement elle, dit Flavia. J'adorerais connaître son histoire…

Nubia soupira de plaisir.

Elle et Flavia avaient traîné dans le sudatorium de marbre rose pendant près d'une heure. À présent, elle se tenait au-dessus d'un conduit percé de trois trous en forme de feuille et se grattait la peau avec un strigile[1] de bronze.

Au début, elle avait trouvé ça étrange – presque déplaisant – de râper les peaux mortes de son corps, ramollies par l'huile, mais maintenant elle détestait passer plus d'une journée ou deux sans s'exfolier. Avec satisfaction, elle regarda les petites peaux grises tomber du strigile dans le conduit d'évacuation. Dans une minute, les deux filles feraient un saut au bassin d'eau froide pour rincer le résidu, suivi d'une friction énergique avec une serviette. Mais d'abord, elles se frottaient toujours le dos l'une l'autre.

– Prête, Nubia ?

Nubia fit signe que oui et se tourna, après avoir tendu son strigile à Flavia. Depuis le jour où Flavia lui avait montré comment s'en servir, Nubia passait toujours en premier. Dans un moment, ce serait le tour de son amie. En attendant, Nubia ferma les yeux pour en profiter. Comme elle aimait qu'on lui gratte doucement le dos !

Une fois de plus, elle soupira de plaisir.

Derrière elle, Flavia s'esclaffa.

– On dit que les Romains adorent le vin, les plaisirs de Vénus et les bains. Mais toi, tu adores juste les bains !

---

1. Objet incurvé, aux bords pointus, utilisé pour enlever les peaux mortes, l'huile et la crasse, aux thermes.

Nubia acquiesça gaiement. Ce mois-ci, elle avait appris les noms des douze thermes publics d'Ostia. Et pendant le déjeuner, elle s'était rappelé que l'un d'eux était baptisé d'après l'héroïne mythique qui avait tué un sanglier furieux.

– C'était une idée géniale de ta part de venir aux thermes d'Atalante, reprit Flavia. Je n'étais jamais venue ici. C'est tellement luxueux…

Situés près de la porte de la Marina, les thermes d'Atalante étaient exclusivement réservés aux femmes. Les fresques et les mosaïques montraient toutes la jeune femme en train de battre des hommes à diverses activités. Sur le mur du frigidarium[1], Atalante courait, largement en tête de ses concurrents mâles à bout de souffle. Sur le plafond voûté du caldarium, elle regardait d'un air satisfait son père exécuter les prétendants qui n'avaient pas réussi à gagner sa main. Et ici, dans le tepidarium[2] – juste aux pieds de Nubia –, une Atalante en mosaïque noire et blanche transperçait un gros sanglier tandis que ses compagnons mâles gisaient, impuissants, autour d'elle.

Non seulement ces thermes étaient magnifiques, mais également les femmes qui les fréquentaient. À côté, deux femmes d'une beauté rare

---

1. Bassin d'eau froide des thermes romains.
2. La pièce chaude des thermes romains. Elle servait en général à discuter et à se détendre.

s'enduisaient mutuellement d'huile. Sur le mur derrière elles, Atalante embrassait Hippomène, le jeune homme qui avait finalement gagné son cœur. Cette fresque rappela à Nubia ce qu'elle avait vu dans les bois et, une fois de plus, elle se demanda si elle devait dire à Flavia qu'elle avait surpris Aristo en train d'embrasser une mystérieuse femme. Mais les mots ne lui venaient pas.

Derrière elle, Flavia arrêta de frotter.

– Quoi ? fit Nubia en tournant la tête.

– Chut ! siffla Flavia, et elle murmura dans l'oreille de Nubia : Écoute-les.

– Glycera ne l'a épousé que pour son argent, disait la rousse. Elle a déjà enterré trois maris.

– Je ne sais pas comment elle fait, dit la blonde. Glycera est loin d'être aussi jolie que toi. Je ne vois pas ce qu'elle a d'attirant.

Nubia dut tendre l'oreille pour entendre la réponse, marmonnée tout bas.

– Il paraît que c'est une sorcière, qu'elle l'a ensorcelé.

– Ça expliquerait bien des choses, dit la blonde d'un ton moins prudent. Elle se sert d'une potion pour les conquérir, puis d'une autre pour s'en débarrasser définitivement !

– Et ensuite, conclut son amie, elle récupère l'héritage !

Et après, dit Jonathan, quand il a arrêté de hurler, il a fondu en larmes. Vous imaginez : un grand costaud de gladiateur en train de pleurer comme un bébé !

Les quatre amis s'étaient réunis chez Jonathan avant de reprendre leur enquête.

– Qu'est-ce que ton père lui faisait ? demanda Flavia. Il l'amputait d'un membre ?

Jonathan secoua la tête.

– Il a juste brûlé un petit grain de beauté que le gladiateur ne trouvait pas joli.

Jonathan étalait du fromage mou sur du pain. Il se mit à ricaner.

– Et je vous assure : cette brute n'avait rien de joli !

Flavia écarquilla les yeux.

– C'est un gladiateur célèbre ? Le fameux Rodan, peut-être ?

– Taurus, dit Jonathan. Il s'appelle Taurus. Il est venu à Ostia pour passer les fêtes avec sa mère.

– Attends ! cria Flavia. En fait il ne s'appelle pas Taurus, n'est-ce pas ?

– Mais si, c'est ce que je viens de dire.

– C'est celui qu'on appelle « le Taureau de Crète » !

Jonathan la fixa avec stupeur.

– Sacrée coïncidence !

– Une coïncidence ? demanda Nubia.

– La septième tâche d'Hercule fut de capturer le taureau de Crète, expliqua Flavia, les yeux brillants. Et le père de Jonathan vient de soigner un célèbre gladiateur surnommé « le Taureau de Crète » !

Lupus siffla doucement.

Jonathan gratta sa tête bouclée.

– Vous avez découvert quelque chose, cet après-midi ?

– Oui. Nubia a eu l'idée géniale d'aller aux thermes d'Atalante et nous avons entendu des clientes parler d'une femme qui épouse les hommes puis les empoisonne pour hériter de leur richesse.

– Tu ne penses pas qu'elles parlaient de Cartilia, si ? demanda Jonathan.

– Non. La femme dont elles parlaient s'appelait Glycera et elle en était à son quatrième mari. Mais apparemment, c'est assez courant. Les femmes épousent des hommes riches, puis les tuent. Ou vice versa.

Lupus écrivit quelque chose sur sa tablette de cire :

Mais ton père n'est pas riche !

– Je sais, dit Flavia. Mais, entre nous, il essaie de donner l'impression que si. Peut-être que Cartilia le croit riche et veut l'épouser pour son argent, puis le tuer.

– Ouah ! dit Jonathan. Tu crois que Cartilia ne s'intéresse à ton père que pour son argent ? Et qu'elle va l'assassiner pour en hériter ?

Flavia hocha la tête.

– Mais je reconnais qu'il nous faut plus de preuves. Nous devons poursuivre l'enquête. Nous avons terminé les quatre premiers travaux : le lion, l'hydre, la biche et le sanglier. La cinquième épreuve d'Hercule fut de nettoyer les écuries.

– Les écuries ? répéta Nubia.

– Oui, dit Flavia. Le roi Augias avait des écuries que personne n'avait pris la peine de nettoyer depuis dix ans. Hercule a été chargé de les nettoyer en une seule journée.

Lupus grimaça et se pinça le nez.

– Exactement ! Ces pauvres chevaux nageaient dans le purin jusqu'au cou ! gloussa Flavia.

Jonathan ricana :

– Je peux raconter à Nubia comment il a fait pour accomplir cette tâche ?

– Bien sûr.

– Hercule n'était pas seulement fort, dit Jonathan en se tournant vers Nubia. Il était également intelligent. Dans les collines au-dessus des

119

écuries, un cours d'eau passait. Hercule a mis un énorme rocher dedans et détourné le fleuve vers le pied de la colline. Ensuite, il a ouvert toutes les portes des écuries, devant et derrière. L'eau les a traversées et a emporté tout le crottin !

– Malin, dit Nubia.

– On n'enquête pas sur Taurus le Taureau de Crète avant d'aller aux écuries ? lança Jonathan.

– Non, dit Flavia. Je crois que nous devrions accomplir les travaux dans l'ordre. Capturer le taureau de Crète était la septième épreuve d'Hercule. Nous n'avons pas encore fait la cinquième ni la sixième.

– Alors on doit aller nettoyer des écuries cet après-midi ? demanda Jonathan en haussant un sourcil.

– J'espère que nous n'aurons pas à les nettoyer, mais juste à les visiter… dit Flavia.

Pensive, elle se mit à sucer une de ses mèches châtain clair.

– Il y a deux écuries à Ostia. Vous savez laquelle est la plus crottée ?

Tous regardèrent Lupus.

Il écarquilla les yeux, comme pour dire « Quoi ? », puis claqua des doigts et hocha la tête.

– Je savais que Lupus aurait la réponse ! rit Flavia.

Ils se penchèrent tous en avant pour le regarder écrire :

Les écuries de la porte de Laurentum. L'esclave qui s'en occupe s'appelle Fimus[1].

Flavia gloussa de nouveau.

– D'accord. On y va ?

– Attends, dit Jonathan. La sixième tâche d'Hercule fut de tuer les oiseaux du lac Stymphale, n'est-ce pas ?

– Exact, dit Flavia.

– Eh bien… reprit Jonathan en donnant un coup de coude à Lupus, apparemment, l'autruche a été aperçue dans les bois ce matin. Aristo nous a invités, Lupus et moi, à l'accompagner à la chasse cet après-midi. Le magistrat a donné officiellement l'autorisation de chasser tous les animaux échappés, alors Aristo et quelques amis vont essayer de l'attraper.

– Parfait ! Voilà mon oiseau de Stymphale ! Ça ne vous ennuie pas d'y aller, les garçons ?

– Si ça nous ennuie d'aller chasser au lieu de traîner autour des écuries avec vous ?

Jonathan et Lupus se regardèrent.

– Pas du tout, dit Jonathan avec un petit rictus.

– Il y a quelque chose d'étrange chez les filles Poplicola, dit Fimus, l'esclave responsable des écuries.

C'était un homme au ventre rond comme une barrique, avec la figure marbrée et les yeux infectés.

---

1. Mot latin signifiant « fumier, fange » (note de la traductrice).

Nubia détourna les yeux de son visage repoussant et inspira. Les écuries de la porte de Laurentum sentaient bon – un mélange de foin, d'odeur de chevaux et de crottin. Il faisait chaud ici, en plus. Nubia savait que, lorsque le père ou l'oncle de Flavia avait besoin de louer un cheval, c'est ici qu'il venait.

– Qu'ont-elles d'étrange, les filles Poplicola ? demanda Flavia.

Une jument baie passa la tête au-dessus de la porte de son box et hennit doucement. Nubia s'approcha d'elle et la laissa renifler sa main.

– Chez les Poplicola, les femmes montent toutes à cheval, dit Fimus. C'est rare de voir une femme à cheval. Je trouve ça barbare, moi.

Nubia caressa le nez de la jument. Elle ne trouvait rien d'étrange à ce qu'une femme monte à cheval. Toutes celles de son clan étaient aussi à l'aise à cheval qu'à dos de chameau.

– En plus, reprit Fimus, il y en a une qui s'est entièrement coupé les cheveux.

– Diane, dit Flavia.

– Elle s'appelle Diane ? répéta Frimus en fronçant les sourcils. Je croyais qu'elle avait un autre nom…

– Diane est juste son surnom, dit Flavia. Elle et ses sœurs s'appellent toutes Cartilia.

– Ah, dit l'esclave. Bon, de toute façon, les femmes de cette famille ne sont pas tout à fait bien dans leur tête, si vous voulez mon avis. Leur mère aussi monte à cheval.

– Vibia ? dit Flavia.

– C'est ça.

– Pouvez-nous nous raconter autre chose sur cette famille ?

– Paula ! Voilà comment elle s'appelle. C'est elle qui est étrange. Elle est venue la semaine dernière, pour m'interroger sur ce gladiateur.

– Qui ? Taurus le Taureau de Crète ?

– Exactement. Il passe les fêtes ici, à Ostia.

– Je sais. Et Paula a demandé où il habite ?

– Non, dit Fimus en se grattant le ventre. C'est ça le plus bizarre. Elle a demandé quels thermes il a l'habitude de fréquenter.

Lysandre, l'ami d'Aristo, était un petit Grec brun, employé par la corporation des peseurs de grain comme scribe et comptable. Mais ce jour-là, il avait mis de côté son boulier et ses tablettes de cire pour profiter d'une journée de chasse.

– Vous pouvez faire beaucoup de bruit, les garçons ? demanda-t-il à Jonathan et Lupus. Tous les esclaves sont en congé et nous avons besoin de rabatteurs.

– Bien sûr, dit Jonathan.

Lupus hocha vigoureusement la tête et se mit à hurler.

– Pas tout de suite ! s'exclama Lysandre en levant les yeux au ciel. Nous devons d'abord installer le filet.

Ils étaient près de la tombe d'Avita Procula, à proximité du bosquet de Diane. Il faisait froid, cet après-midi-là, mais le vent était tombé et des nuages hauts baignaient le monde d'une lumière nacrée, irréelle.

– Allons-y, alors, dit Aristo.

– On attend juste une personne de plus… dit Lysandre en rougissant.

Aristo regarda froidement son ami.

– Ne me dis pas que tu l'as invitée !

– Je suis désolé, Aristo, c'est elle qui a demandé à venir. Et tu connais mes sentiments pour elle…

– Par les dieux, Lysandre ! Maintenant, elle va penser que je…

– Chut ! siffla Lysandre. La voilà.

Lupus entendit Aristo jurer dans sa barbe et vit Jonathan écarquiller les yeux. Il se retourna : un jeune garçon s'avançait vers eux avec assurance ; il venait de la porte de Laurentum. Il portait une tunique rouge et des bottes de cuir assorties. Une courte cape en laine verte pendait sur ses épaules et, dans la main droite, il tenait une javeline de chasse.

Lupus fronça les sourcils et, quand le garçon s'approcha, il s'aperçut que ce n'était pas du tout un garçon, mais une fille aux cheveux étonnamment courts.

Jonathan se pencha et murmura à l'oreille de Lupus :

– Diane.

Lupus hocha la tête. Et la contempla, ébahi. Jonathan avait dit qu'elle était jolie. Personne n'avait précisé qu'elle était magnifique.

ROULEAU XIII

—**D**ésolé, je ne peux pas vous laisser entrer, les filles, dit Oleosus, le gardien des thermes du Forum. C'est réservé aux hommes, aujourd'hui...

C'était un jeune homme souple aux cheveux noirs et fins, aux yeux marron et aux paupières lourdes.

— Mais nous venons de voir entrer deux femmes, protesta Flavia. L'une d'elles portait une cape rose et l'autre avait une ombrelle.

— Ah, elles, fit Oleosus avec un sourire paresseux. Les filles du sénateur. Elles sont juste entrées pour regarder Taurus s'entraîner. Et pour récupérer ses peaux mortes.

— Ses quoi ?

— Ses peaux mortes. Quand il a bien transpiré pendant l'exercice, son esclave lui râpe la peau. Ensuite il met le... euh... la mixture dans des petits flacons et les vend aux dames. Elles paient une pièce d'or par bouteille.

— Quoi ? fit Flavia, bouche bée. Pourquoi ?

Il cligna de l'œil.

– Il paraît qu'en mettre un peu dans la nourriture de quelqu'un…

– Dans la nourriture ?

Il acquiesça.

– Vous en mettez un peu dans l'assiette de quelqu'un et il deviendra fou de passion et de désir pour vous.

– Un philtre d'amour ! souffla Flavia.

Les deux filles se regardèrent.

– Ça marche ? demanda Flavia.

Oleosus haussa les épaules.

– Ça marche pour Taurus, en tout cas. On raconte qu'il vient d'acheter une jolie petite ferme à sa mère grâce à l'argent qu'il a gagné avec ses peaux.

– Et des femmes respectables achètent ça ?

– Toutes les femmes en achètent.

– Je suppose que vous ne vous rappelez aucun de leurs noms ?

Flavia tripota la bourse nouée à sa ceinture, faisant cliqueter doucement les pièces.

– Une femme appelée Cartilia Poplicola, par exemple ?

Il fronça les sourcils.

– Un peu plus grande que moi ? insista Flavia. Environ vingt-cinq ans ? Jolie, dans le genre froide ? Qui se fait appeler Paula ?

Le visage d'Oleosus se détendit en un sourire.

– Ah, Paula ? Elle est passée dès qu'il est arrivé en ville. Elle a acheté un flacon la semaine dernière et un autre hier !

Tandis qu'ils installaient le filet, Lupus ne pouvait s'empêcher de contempler sans cesse Diane.

Il remarqua que Lysandre la regardait, lui aussi, et nota un air blessé dans ses yeux. En se tournant de nouveau vers Diane, il en comprit la raison. Elle s'était penchée pour murmurer quelque chose à l'oreille d'Aristo. Ses doigts, qui reposaient légèrement sur la nuque du garçon, jouaient avec ses boucles : geste d'une intimité frappante.

Aristo, absorbé par le filet à ancrer dans le sol, ne leva même pas les yeux pour la regarder. Lupus le vit contracter la mâchoire et, soudain, il comprit ce qui se passait.

Lysandre aimait Diane, mais Diane aimait Aristo. Et il était évident qu'Aristo la méprisait. Lupus grogna en attachant une plume rouge au bord du filet : Cupidon[1] n'en faisait vraiment qu'à sa tête !

– Alors, Diane, lança Jonathan, tu es la sœur de Paula.

– Quoi ? fit Diane avec un regard noir, avant de se lever.

– Cartilia Paula est ta sœur, répéta Jonathan.

Diana hocha sèchement la tête et alla inspecter l'un des nœuds du filet.

– Elle est gentille ?

Diane fit la moue.

---

1. Fils de Vénus et de Vulcain, jeune dieu ailé de l'amour : ceux qu'il frappe d'une flèche tombent amoureux.

– Non. C'est une vieille sorcière avide.

– Oh. Désolé de vous avoir fâchée.

– Ne me parlez pas d'elle et je ne me fâcherai pas.

– Très bien.

Jonathan se mit à siffloter, puis jeta à Lupus un regard lourd de sens.

Quand le filet fut bien fixé entre deux arbres, et ses bords marqués avec des plumes rouges, les cinq chasseurs repartirent silencieusement dans le bosquet, en scrutant le sol meuble à la recherche d'une trace de leur proie.

Lupus faisait mine de chercher des empreintes d'autruche, lui aussi, mais en réalité il observait Diane du coin de l'œil. Sa vigilance fut payante. Ils étaient presque arrivés à la lisière du bosquet, quand Lysandre s'agenouilla pour examiner quelque chose près d'un minuscule ruisseau.

– Là ! dit-il en indiquant la boue. C'est une empreinte d'autruche.

Ils s'approchèrent tous pour regarder. Lupus, alors, vit Diane glisser quelque chose dans la ceinture d'Aristo. Un morceau de papyrus.

– Elle est toute fraîche ! remarqua Jonathan.

Tandis que tout le monde examinait l'empreinte, Lupus vit la main d'Aristo se refermer sur le message.

– Ce doit être ici que l'animal vient boire, dit Lysandre en se redressant et en regardant autour de lui. Je pense que l'oiseau était ici ce matin et qu'il y a des chances qu'il revienne demain.

Il regarda le ciel.

– Il se fait tard. Je propose que nous revenions tôt demain. On pourrait peut-être amener des chiens. Nous commencerons là-bas, à la lisière du bosquet, et nous rabattrons l'animal vers le filet. D'accord ?

Les autres acquiescèrent.

– Vous pouvez apporter quelque chose de bruyant, les garçons ? Des castagnettes, des crécelles, des tambourins ? Nous ne sommes pas nombreux, et nous devrons faire beaucoup de bruit.

En regagnant les murailles de la ville, Lupus vit Aristo déplier le morceau de papyrus que Diane lui avait glissé. Aristo parcourut le message, puis le chiffonna et le laissa tomber dans la boue.

– Alors on se retrouve demain juste après l'aube ? lança Diane quelques minutes après.

Ils se tenaient au croisement des routes. Diane regardait Aristo, mais ce fut Lysandre qui répondit.

– C'est ça. À la tombe d'Avita Procula. Au même endroit qu'aujourd'hui.

Lysandre indiqua la porte de Laurentum d'un hochement de tête.

– Tu rentres chez toi maintenant, Diane ? Tu veux que je te raccompagne ?

– Non, jeta Diane par-dessus son épaule. Je vais faire une offrande à la déesse et lui demander de m'accorder le succès à la chasse.

« Je crois que je sais ce que tu chasses », songea Lupus.

Et plus tard, de retour dans sa chambre, quand il déplia le message sur papyrus, il vit que son soupçon était justifié.

– Des petites peaux, racontait Flavia à Jonathan. Le gardien des thermes du Forum nous a dit que si tu mélanges un peu des résidus de peaux mortes et de transpiration du gladiateur à la nourriture de quelqu'un, cette personne tombera amoureuse de toi.

– Beurk ! fit Jonathan en grimaçant. Mais comment peux-tu être sûre que la personne tombera amoureuse de toi ? Je veux dire : et si elle s'entichait du gladiateur ? Ou de la première personne qu'elle voit ? Parce que ça ne marche jamais, ce truc-là. Du moins pas dans les pièces de théâtre…

– Non, dit Flavia. Avant de les mettre dans sa nourriture, tu récites une sorte de prière au-dessus de la mixture. Adressée à Vénus. Et après – c'est là que ça devient vraiment dégoûtant –, tu craches dedans. Ou tu ajoutes un autre de tes liquides corporels.

– Re-beurk ! dit Jonathan en frémissant.

Il était chez Flavia, appuyé contre le mur chaud de la cuisine, et regardait les filles préparer le dîner. Nubia touillait le ragoût dans une marmite et Flavia émincait des champignons blancs et fermes. Quand elle tendit la main pour en prendre une autre poignée, Jonathan attrapa quelques lamelles sur la planche à découper. C'était délicieux !

– Apparemment, continua Flavia, quand la personne mange la nourriture ensorcelée, elle tombe folle amoureuse de celle qui a craché dans la potion. Voilà pourquoi Cartilia voulait des peaux du gladiateur. Je suis certaine qu'elle a ensorcelé Pater ! C'est même exactement ce que j'ai dit à Nubia, la première fois que je l'ai vue. Hein, Nubia ?

– Oui, confirma Nubia, qui mélangeait toujours le ragoût.

Jonathan fourra une lamelle de champignon dans sa bouche.

– Et le gardien des thermes a dit qu'elle avait acheté des peaux de Taurus ?

Flavia hocha la tête.

– Deux fois. La semaine dernière et hier.

Elle tapa la main de Jonathan qui s'apprêtait à prendre un autre champignon.

– Alors tu penses qu'elle a déjà mis sa répugnante potion magique dans la nourriture de ton père ? demanda-t-il.

– Oui. Ils se sont vus il y a quelques jours chez Cordius. Je pense qu'elle l'a fait à ce moment-là. Elle l'a peut-être mélangée à son vin épicé ou je ne sais quoi. Je t'ai dit que je le trouvais changé, tu te rappelles ? Le matin où on s'est fait poursuivre par l'autruche ?

– Oui, fit Jonathan.

Flavia repoussa les lamelles de champignon d'un côté de la planche à découper et sortit des poireaux d'un bol d'eau salée.

– À propos d'autruches, dit-elle en commençant à couper les poireaux, comment vous vous en êtes tirés aujourd'hui ? Des résultats ?

– Non, dit Jonathan. L'autruche n'était pas dans les bois. Mais nous avons vu une empreinte toute fraîche et nous avons posé un piège. Un grand filet avec des plumes rouges sur les bords. D'après Lysandre, l'animal évite les plumes et fonce droit dans le filet. Demain, nous allons faire une battue et pousser l'autruche dedans. Si nous la trouvons, du moins.

– Je voulais dire : avez-vous obtenu d'autres informations au sujet de Cartilia ?

– En fait, oui. La sœur de Cartilia nous a aidés à installer le filet.

Flavia interrompit son travail.

– Diane était à la chasse avec vous ?

Jonathan hocha la tête.

– Et elle a traité Cartilia de vieille sorcière avide.

– Je le savais ! dit Flavia en posant son couteau. Qu'a-t-elle dit d'autre ?

– Rien. Elle s'est mise à bouder quand j'ai mentionné Cartilia.

– Tu penses que tu pourras lui soutirer d'autres informations ?

– Je ne sais pas. Elle n'aime pas parler de sa sœur.

En voyant l'expression de Flavia, il ajouta :

– Lupus et moi, nous retournons chasser avec eux demain à l'aube. Nous essaierons d'en apprendre plus à ce moment-là.

– Bien ! dit Flavia, et elle se remit à découper. Où est Lupus, déjà ?

– Il fait une course pour Père. Il s'est proposé pour aller en ville livrer un onguent à l'un de ses patients. Il ne devrait pas tarder.

Lupus se cacha derrière une colonne et attendit que le groupe des voyageurs ivres qui rentraient de la taverne soit passé. Ensuite, il regarda de nouveau le morceau de papyrus. Il était content d'avoir appris à lire. Il y a seulement quelques mois, ces traces noires n'auraient rien signifié pour lui. À présent, elles faisaient battre son cœur d'excitation.

Retrouve-moi derrière la chapelle du carrefour à la tombée de la nuit. Il faut qu'on parle. De la part de Cartilia.

Lupus voyait à peine les lettres dans la lumière tombante. Bientôt, il ferait nuit. Il avait livré le remède du docteur et, maintenant, il attendait de voir si Aristo viendrait retrouver Diane à la chapelle.

La rue principale d'Ostia était presque déserte, à présent. Seuls un ou deux esclaves soûls rôdaient encore, essayant de se rappeler où ils habitaient. Lupus appuya son dos contre les colonnes quand deux vigiles passèrent devant lui. Tous deux brandissaient une torche. L'un portait une grosse gourde en peau sur le dos, l'autre un épais tapis de chanvre roulé sur ses épaules. Lupus savait que leur travail consistait à patrouiller la ville pour prévenir les crimes et surtout les incendies, un danger accru pendant l'hiver, car braseros, torches et lampes à huile brûlaient en permanence dans toutes les maisons.

Les hommes passèrent sans le voir et Lupus sentit un sourire s'étirer lentement sur son visage. L'excitation de la chasse lui avait manqué. Devenir invisible. Observer des gens qui se croyaient seuls.

Quand les vigiles eurent tourné au coin, Lupus courut en silence le long de la colonnade sombre. Arrivé au bout, telle une ombre, il descendit rapidement les trois marches et se glissa dans le forum. En se baissant, il s'avança vers la chapelle du carrefour, ravi de ses nouvelles bottes qui ne faisaient pas de bruit.

L'obscurité mauve du crépuscule s'épaississait. Elle recouvrait la ville, maintenant. Lupus voyait une seule lampe jaune trembloter quelque part dans la chapelle et la silhouette noire de deux cyprès qui s'élevaient derrière. Un merle poussa son cri d'alerte dans l'air glacé. Le jeune garçon sentait l'odeur de feu de bois, typique de l'hiver.

En se faufilant derrière la chapelle de marbre, il trébucha sur quelque chose et tomba sur le sol humide.

Il distinguait à peine la forme sombre qui gisait à côté de la chapelle.

Lupus tendit timidement la main et la toucha.

C'était le corps d'un homme.

ROULEAU XIV

L e cœur battant, Lupus s'éloigna du corps. Il était encore chaud.

Le corps grogna.

Il était vivant !

Ensuite, Lupus perçut l'odeur âcre de vomi et se détourna avec un mélange de soulagement et de dégoût. Ce n'était qu'un fêtard qui s'était évanoui après avoir bu trop de vin épicé.

Il se releva et gagna à tâtons, les doigts sur le marbre froid, l'arrière de la chapelle. Il devina plus qu'il ne vit les deux arbres devant lui.

Soudain, dans l'obscurité, il entendit une voix de femme, basse et pressante :

— Aristo ? Aristo, c'est toi ?

Lupus se colla contre le tronc de l'un des arbres et retint sa respiration.

— Aristo ? répéta la voix.

Le cœur de Lupus battait si fort qu'il était sûr qu'elle l'entendait. Elle fit craquer une brindille en posant le pied dessus. Alerté, il fit le tour du tronc pour rester caché.

— Aristo ? Arrête de jouer avec moi…

Silence.

– Je sais que tu es là. Je t'entends respirer.

Lupus pencha la tête en arrière et ferma les yeux, tout ouïe, prêt à bouger d'un côté si elle allait de l'autre.

– Pourquoi tu me fais ça ? Pourquoi tu me tortures ? Aristo, je t'aime. Je t'aime tellement...

Depuis la route, la lumière vacillante d'une lampe et le bruit de bottes militaires sur les pavés les avertit : un autre couple de vigiles approchait.

Lupus entendit la femme jurer tout bas et s'éloigner.

Peu après, la voix grave d'un homme retentit.

– Hé, mademoiselle ! Vous ne devriez pas rester dehors à la nuit tombée. C'est l'une des cachettes préférées des voleurs, ici.

– Pouvons-nous vous escorter chez vous ? dit l'autre veilleur.

– Oui... oui, s'il vous plaît !

Elle avait la voix tremblante.

Il fut facile de la suivre après ça. Les torches tremblotantes éclairaient les trois silhouettes tandis qu'elles avançaient vers le milieu de la route : la femme entre les deux veilleurs massifs.

Une fois, elle se retourna pour regarder en arrière, mais Lupus s'enfonça hâtivement dans l'ombre du porche d'une échoppe.

Au bout d'un moment, comme il s'y attendait, ils s'arrêtèrent devant la maison de Cartilia. Il entendit le heurtoir de cuivre résonner et quand la porte s'ouvrit, presque immédiatement, il vit un filet de lumière se déverser dehors. Il y eut des voix soulagées et la femme entra.

Lupus était presque certain que c'était Diane. Mais pas absolument sûr : elle portait une longue cape, et une capuche qui lui couvrait le visage.

Nubia tendit les mains au-dessus des braises et les frotta l'une contre l'autre. C'était bientôt l'aube du troisième jour des Saturnales. Les chiens reniflaient dans le jardin sombre, impatients de partir à la chasse. Les quatre amis, dans la cuisine, se réchauffaient auprès du feu pendant que Lupus et Jonathan attendaient qu'Aristo sorte des latrines. Le capitaine Geminus et les esclaves dormaient encore.

– Tu es sûr qu'Aristo était ici, hier, à la tombée du jour ? murmura Jonathan.

Flavia hocha la tête.

– Il est rentré juste après ton départ. Il avait attrapé des lapins avec lesquels nous avons préparé un ragoût. Pourquoi tu me poses cette question ?

Jonathan baissa encore plus la voix :

– Hier, pendant que nous installions le filet, Lupus a vu Diane glisser un message à Aristo. Elle voulait qu'il la retrouve à la chapelle du carrefour. Elle y est allée, mais lui non.

– Drôle d'endroit et drôle d'heure pour le retrouver ! Pourquoi lui a-t-elle donné ce rendez-vous ?

– Nous pensons qu'elle est amoureuse de lui, dit Jonathan.

Nubia sentit une sensation étrange au fond de son estomac.

– La sœur de Cartilia aime Aristo ? s'étonna Flavia, les yeux écarquillés.

Lupus hocha vigoureusement la tête et écrivit sur sa tablette.

Lysandre aime Diane.

Diane aime Aristo.

Mais Aristo n'aime pas Diane.

– Qui est Lysandre ? demanda Nubia.

– Un ami d'Aristo, dit Jonathan. Il est grec. Petit, brun. Ils chassent souvent ensemble.

– C'est le triangle amoureux classique, commenta Flavia en hochant la tête d'un air docte.

– Pourquoi un triangle ? demanda Jonathan.

– Eh bien, A aime B et B aime C. Ça forme un triangle.

– Mais non, ça donne un V, objecta Jonathan. Il faudrait que C aime A pour que ce soit un triangle.

– Bien vu.

Flavia se tourna vers Lupus.

– Comment tu as su ce que disait le message de Diane ?

Lupus sortit le morceau de papyrus d'un geste théâtral.

Flavia attrapa le message et l'approcha des braises rougeoyantes du foyer pour pouvoir le lire. Nubia regarda par-dessus son épaule.

– Mais c'est signé Cartilia, remarqua Flavia en fronçant les sourcils. Tu es sûr que c'est Diane qui est allée à la chapelle ?

Lupus la regarda. Puis il haussa les épaules.

Elle portait une longue cape, écrivit-il sur sa tablette.

– Une cape grise avec une capuche ? souffla Nubia.

Lupus hocha la tête et lui adressa un regard ahuri.

– Comment savais-tu ce qu'elle portait ? demanda Flavia.

Nubia prit une inspiration.

– Deux jours après les fiançailles de Miriam…

– Le premier jour des Saturnales ? demanda Flavia.

– Oui. L'après-midi où j'ai emmené les chiens dans les bois. Eh bien, j'ai vu Aristo avec une femme en cape.

– Qu'est-ce qu'ils faisaient ? demanda Jonathan.

Nubia sentit son visage s'enflammer.

– Ils s'embrassaient. Très fort.

– Par le paon de Junon ! murmura Flavia. Pourquoi ne nous l'as-tu pas dit avant ?

Nubia baissa la tête. Elle n'était pas sûre de savoir pourquoi elle ne l'avait pas mentionné.

– Ça ne fait rien, dit Flavia. Mais qui était-ce ?
Tu as vu son visage ?

Nubia secoua la tête et leva les yeux vers Flavia.

– Non. Je n'ai pas vu son visage. Elle portait une
cape. Une cape grise avec une capuche.

ROULEAU XV

– Des chevaux mangeurs d'hommes... dit Flavia. Où peut-on trouver des chevaux mangeurs d'hommes à Ostia ?

– Aux écuries ? lança Nubia.

– Je suppose qu'on pourrait retourner aux écuries de la porte de Laurentum. Ou bien aller voir les autres : les écuries des Conducteurs de Chars...

La voix de Flavia s'éteignit.

L'aube était levée depuis une heure. Les garçons étaient partis avec Aristo chasser leur autruche et les deux filles étaient assises sur une banquette drapée dans la salle à manger. Elles sirotaient du vin aux épices et au lait, en regardant Hercule préparer le dernier mur. Avec un pinceau large, il recouvrait le vieux plâtre jaune moutarde avec une fine couche de citron mélangé à du plâtre. En séchant, cela ferait une base brillante pour les nouvelles images.

– Il faut qu'on trouve des chevaux fous, dit Flavia. Ou bien quelqu'un qui s'appelle Diomède, peut-être... C'était le nom de leur maître. Il donnait des humains découpés en morceaux à manger à ses juments. C'est ça qui les a rendues folles. Pour accomplir l'épreuve, Hercule a tué Diomède et l'a donné à manger à ses bêtes. Une fois repues, elles sont devenues somnolentes, et Hercule a pu les capturer facilement.

– Les thermes ? suggéra Nubia avec espoir. Il y a peut-être des mosaïques de chevaux mangeurs d'hommes aux thermes.

– Je n'en connais pas, dit Flavia.

– Il y a un légionnaire en retraite qui s'appelle Diomède, intervint Hercule le peintre. Il est nouveau ici. Il pratique une de ces nouvelles religions...

– Comment ? s'écria Flavia. Qu'avez-vous dit ?

C'était la première fois qu'elle l'entendait parler.

Hercule se retourna vers elles. Ses yeux humides pétillaient et sa bouche molle s'étira en un sourire.

– Diomède, répéta-t-il d'une petite voix aiguë. C'est un soldat retraité devenu le prêtre d'un nouveau culte. Ils prient un jeune dieu qui est né vers la fin décembre. Une fois par semaine, ses adeptes se rassemblent pour partager du pain et du vin, afin de se rappeler le dernier repas qu'il a mangé avant de monter au ciel.

– Oh, dit Flavia. Diomède doit être un chrétien. Ils vénèrent un berger du nom de Jésus. Ils l'appellent le Christ, ou le Messie.

– Non, dit Hercule en trempant son pinceau dans le mélange de chaux. Diomède n'est certainement pas chrétien ; je le saurais. Le nom de son dieu, c'est autre chose. Ça commence par un M... Ménécrate ? Marsyas ? Mithras ! C'est ça. Diomède est un prêtre de Mithras[1]. Il habite pas loin d'ici, dans une maison près de la rue des Foulonniers[2]. Je passe souvent par là. Je les vois se rassembler pour leur repas spécial le dimanche matin.

– Mais on est dimanche matin, là !

– Oui, dit Hercule. Si vous vous dépêchez, vous les trouverez peut-être...

– Les garçons, dit Lysandre, qu'est-ce que vous faites avec des arcs et des flèches ? Vous savez qu'on se sert du filet, aujourd'hui. Et j'ai ma lance de chasse.

– Oh, laisse-les tranquilles ! dit Aristo. Nous n'attraperons peut-être jamais cette autruche et au moins ils pourront rapporter un ou deux lapins chez eux.

– Très bien, soupira Lysandre. Les garçons, je voudrais que vous avanciez lentement vers le filet. Laissez aboyer les chiens et faites autant de bruit que vous pourrez. Vous savez compter jusqu'à trois cents ?

Lupus acquiesça. Nipur tirait sur sa laisse, mais Lupus était assez fort pour le retenir. Jonathan était

---

1. Dieu perse de la lumière et de la vérité. Le culte de Mithras (réservé aux hommes) se popularisa auprès des soldats. C'est ainsi qu'il se répandit dans tout l'Empire romain.
2. Blanchisseur et fabricant de tissu. Dans l'Antiquité, on employait de l'urine humaine pour blanchir la laine.

responsable de Tigris et Aristo tenait Scuto. Les trois chiens reniflaient, impatients de se mettre en route.

– Bien, dit Lysandre. Ne commencez pas la battue avant d'avoir compté jusqu'à trois cents. Ça me donnera le temps de prendre position près du filet.

– Quoi ? s'étonna Jonathan. Tu vas t'asseoir près du filet pendant que nous, on fait tout le travail ?

– C'est comme ça que ça marche, dit Lysandre avec un sourire. Diane, tu veux venir avec moi ?

– Pourquoi tu ne restes pas avec les garçons, plutôt ? répliqua Diane. Aristo et moi, nous pouvons attendre près du filet.

Le sourire de Lysandre disparut et Aristo leva vivement la tête.

– Euh… non, dit-il. Je suis le tuteur des garçons. C'est mon travail de les protéger. Je vais rester avec eux. Diane, attends donc près du filet avec Lysandre.

Diane braqua un regard blessé vers lui. Pendant un instant, ils se regardèrent dans les yeux. Aristo se détourna le premier. Il avait un air coupable, jugea Lupus.

Diane tourna les talons.

– Viens, alors, Lysandre ! jeta-t-elle par-dessus son épaule. Allons-y.

Diomède, prêtre de Mithras, se tenait sur le seuil de sa porte et regardait Flavia. C'était un homme plutôt âgé – la petite cinquantaine –, mais il était encore mince et musclé.

– Cartilia Poplicola, répéta-t-elle.

L'odeur d'urine qui se dégageait des échoppes de foulonniers, à proximité, était si forte que Flavia devait respirer par la bouche.

Diomède grogna.

– Ne me parle pas de cette femme ! Son mari, Caldus, était l'un de nos nouveaux initiés. Mais il n'est plus avec nous.

Diomède secoua la tête.

– Et c'est sa faute à elle, marmonna-t-il.

Flavia écarquilla les yeux.

– Sa faute à elle ?

– C'est ce qu'on m'a raconté.

Il fronça les sourcils.

– Excuse-moi, tu m'as dit que tu t'appelais comment ?

– Flavia Gemina, fille de Marcus Flavius Geminus, capitaine de navire.

– Je ne connais pas ce nom. C'est l'un de nos adeptes ?

– Non, je voulais juste…

– Jeune fille, je suis très occupé aujourd'hui. Je croyais que tu m'apportais un message de l'un de nos membres. C'est pour ça que je t'ai ouvert la porte. Puis-je te demander de revenir plus tard ?

– Très bien, répondit poliment Flavia. Je ne vous ennuierai plus. Merci beaucoup. Vous m'avez dit ce que j'avais besoin de savoir.

Jonathan agitait son tambourin d'une main et agrippait la laisse de Tigris de l'autre. Ils avançaient lentement à travers le bosquet de pins, en faisant autant de bruit que possible. À sa droite, Lupus battait son tambour en peau de chèvre.

– Du calme, Tigris ! lança Jonathan à son chien, qui tirait sur sa laisse. On veut y aller doucement. Laisser le temps au gros oiseau de nous entendre arriver…

Il jeta un coup d'œil à Aristo, qui était à peine visible entre les arbres à sa gauche. Son tuteur tenait la laisse tendue de Scuto et, de temps en temps, faisait claquer des castagnettes.

Jonathan leva la tête. C'était le matin à présent, le ciel était clair et deviendrait d'un bleu plus foncé à mesure que le jour avancerait. Il inspira une grande goulée d'air, aussi froid et grisant que le vin rafraîchi dans la neige qu'il avait goûté un jour chez un homme riche. Ça faisait du bien d'être dehors, dans les bois, et de chasser avec ses amis et les chiens.

Chasser l'aidait à oublier ses soucis, aussi constants que la douleur qui cisaillait son bras marqué au fer rouge.*

Comment serait leur vie, à lui et son père, quand Miriam serait mariée et vivrait à Laurentum ? Il s'inquiétait aussi pour Lupus, à qui il arrivait encore, à l'occasion, de disparaître sans un mot. Il

* Voir *Les mystères romains*, tome 4 : *Les assassins de Rome*.

s'inquiétait pour Aristo, qui semblait si distrait, ces derniers temps. Il s'inquiétait pour Flavia, qui était en train de devenir exactement ce qu'elle avait juré de ne pas devenir : un tyran.

Et le plus gros souci de tous, qui le préoccupait en permanence, qui attirait ses pensées vers Rome...

– Jonathan ! Attention !

La voix d'Aristo, depuis l'autre côté de la clairière. Un bruit dans le fourré, devant lui. Et soudain, l'autruche apparut. L'oiseau semblait troublé par le vacarme et, dans sa panique, malgré les aboiements hystériques de Tigris, il fit un pas vers Jonathan.

Le garçon leva son tambourin et le secoua.

– Va de l'autre côté, stupide autruche, marmonna-t-il. De l'autre côté ! Vers le filet !

Mais l'autruche ne parlait pas latin.

Elle lui fonça droit dessus.

Jonathan réagit à l'instinct. Il lâcha le tambourin et la laisse de Tigris. D'un geste fluide de la main gauche, il tira l'arc qu'il avait accroché en travers de sa poitrine et, de la droite, sortit une flèche de son carquois. Ce n'était pas la peine de viser avec soin. L'énorme oiseau affolé était déjà presque sur lui.

Jonathan lui tira droit dans la poitrine puis se jeta hors de sa route.

Emportée par son élan, l'autruche le dépassa et Jonathan se redressa, haletant, sur un coude plein de boue. Juste à temps pour voir l'animal dévier vers Aristo, qui lança sa javeline.

L'oiseau battit des ailes, chancela, puis dévia encore et reçut une deuxième flèche, dans le cou cette fois, de l'arc de Lupus. Alors, les chiens se jetèrent sur lui et Jonathan fut presque désolé de les voir plaquer lourdement l'oiseau au sol.

– Écarte les chiens, cria Aristo. Ses plumes valent une fortune !

Jonathan avait bien dressé les chiots ; ils obéirent immédiatement à son ordre et reculèrent vivement. Mais Scuto voulait jouer avec l'oiseau géant qui se débattait. Soudain, l'une des pattes puissantes de l'autruche heurta le chien de Flavia en pleine poitrine. Avec un gémissement, Scuto vola dans les airs et Jonathan entendit un terrible bruit quand il tomba.

Aristo accourut, son couteau de chasse à la main, et appuya lourdement son pied sur le cou de l'oiseau, juste sous la tête. Ensuite, d'un mouvement rapide, il mit fin aux souffrances de l'animal.

Jonathan se précipita auprès de Scuto. Le chien de Flavia gisait, immobile, dans la boue et les épines de pin. Nipur et Tigris le reniflaient en gémissant, et Lupus avait déjà collé l'oreille contre la poitrine de Scuto.

Jonathan s'arrêta et regarda Lupus.

– Il est... il est mort ?

Le docteur Mordecaï, penché au-dessus de son patient, releva la tête et sourit.

– Il va s'en sortir. Il s'est peut-être fêlé une côte ou deux, mais nous n'y pouvons pas grand-chose. Il doit juste se reposer en attendant d'être rétabli.

Scuto était allongé sur le lit de Flavia, et haletait doucement.

– Oh, docteur Mordecaï ! s'écria Flavia en jetant les bras autour de la taille du docteur. Merci ! Vous avez entendu ? lança-t-elle en se tournant vers les autres.

Son expression les fit tous sourire, même Aristo.

– On doit fêter ça, ce soir ! s'exclama Flavia. Alma, je sais que c'est les Saturnales, et que je suis censée faire la cuisine, mais je veux m'occuper de Scuto jusqu'à ce qu'il soit guéri. Ça t'ennuie ?

– Ma grande, rien ne pourrait me faire plus plaisir ! s'écria Alma. Nous allons découper ce gros oiseau, nous aurons de quoi manger pendant des semaines.

– Attendez ! dit Jonathan. On ne peut pas le découper comme ça. On doit le partager avec Lysandre et Diane, non ?

– Par Apollon ! s'écria Aristo. Je les avais complètement oubliés !

Il jeta un coup d'œil à travers les volets.

– Il est presque midi. J'espère qu'ils ne sont pas restés assis là-bas tout ce temps ! Je ferais mieux d'aller les prévenir. Lysandre va être furieux.

Lupus grogna et Jonathan aquiesça.

– Il ne sera pas le seul !

Lupus adorait les huîtres.

Elles étaient fraîches et glissantes et il pouvait facilement les avaler tout entières. Il faisait souvent de bons rêves après en avoir mangé, et il était toujours plein d'énergie le lendemain.

Il fut donc ravi quand Alma déposa un plateau d'huîtres devant sa banquette.

C'était le milieu de l'après-midi, le troisième jour des Saturnales. Ils fêtaient la capture de l'autruche et la survie de Scuto. Lupus s'allongea à côté de Jonathan et de Mordecaï. Sur la banquette en face de lui se trouvaient Aristo, Flavia et Nubia. Le père de Flavia partageait la banquette centrale avec Cartilia Poplicola.

Flavia était de bonne humeur quand elle leur avait tendu leurs guirlandes de lierre et de gui. Elle ne semblait pas gênée par la présence de Cartilia. Lupus en comprit aussitôt la raison : Scuto était allongé à sa place habituelle, sous la banquette centrale.

Le père de Flavia aussi était de bonne humeur. Il avait passé la journée avec son frère jumeau, Gaïus, à Laurentum, qui se trouvait sur la côte à quelques kilomètres au sud. Le propriétaire de la maison de Gaïus, un jeune homme appelé Pline, leur avait envoyé comme cadeau de Saturnales trois douzaines d'huîtres fraîches dans une caisse d'eau de mer.

Les huîtres, c'est mon plat préféré ! écrivit Lupus sur sa tablette de cire avant de la brandir pour que tout le monde la voie.

– Oh, quelle bonne idée ! s'écria Flavia. Et si on disait tous quel est notre plat préféré ? En tant que roi des Saturnales, je l'ordonne ! Moi, c'est le poulet rôti. Avec de la salade. Et toi, Jonathan ?

– Le civet de chevreuil… surtout si c'est moi qui ai attrapé le chevreuil !

– Moi, j'adore les champignons, dit Aristo.

– Moi aussi, ajouta Jonathan.

– Mon plat préféré, c'est le thon salé, lança le père de Flavia, amusé. Et toi, Cartilia ?

– J'aime les salades, dit-elle. Et j'adore aussi les huîtres. La première fois que j'ai...

– Suivant ! s'écria Flavia. Et vous, docteur Mordecaï ?

Après un instant d'hésitation et un coup d'œil à Cartilia, Mordecaï répondit doucement :

– J'ai un petit faible pour le mouton. Le mouton grillé en particulier.

Flavia se tourna vers Nubia en riant.

– Et je crois qu'on connaît tous le plat préféré de Nubia...

– Les dattes ! s'exclamèrent-ils tous en chœur.

Nubia sourit.

– Oui, j'adore les dattes. Mais maintenant je les aime encore plus fourrées à la pâte d'amande.

– Et ça nous ramène à Lupus et aux huîtres ! conclut Flavia. Mangeons !

Lupus attrapa le petit flacon de vinaigre en verre. Il en versa quelques gouttes sur sa première huître.

L'huître remua.

Lupus poussa un grognement d'approbation. Avec sa cuillère, il détacha l'huître de sa coquille, renversa la tête en arrière et la laissa glisser dans sa gorge. Ensuite, il jeta la coquille au centre de la pièce. Elle tomba en cliquetant sur le sol de marbre.

Nipur trottina jusque-là, la renifla puis éternua. Scuto bâilla et resta là où il était. Il savait que les coquilles d'huîtres ne sont pas comestibles.

Lupus sourit. Et essaya l'huître suivante.

– Pourquoi tu mets du vinaigre dessus ? demanda Nubia.

– Pour voir si elle est vivante, dit Cartilia. N'est-ce pas, Lupus ?

Lupus leva le pouce. Puis il renversa la tête en arrière et avala sa deuxième huître.

– Elles sont encore vivantes ?

Jonathan examinait une huître. Il la remit vivement sur le plateau et le fixa d'un air méfiant.

– Essaie, Jonathan ! l'encouragea Cartilia. Verse un peu de vinaigre dessus. Si elle se contracte, ça signifie qu'elle est encore vivante. C'est très bon pour la santé, n'est-ce pas docteur ?

Mordecaï hocha la tête.

– Je les recommande toujours aux femmes enceintes et aux invalides. Plus elles sont fraîches, mieux c'est.

Lupus sourit quand Jonathan versa un peu de vinaigre sur son huître et sursauta.

– Aaah ! s'écria-t-il. Elle a bougé ! Elle est bien vivante. Je ne mange pas ça !

– Allez, Jonathan ! s'écria Flavia. C'est bon pour la santé.

– Je ne veux pas avoir un truc vivant en train de se balader dans mon ventre !

– Elles ne peuvent pas se balader, rit Cartilia. Elles n'ont pas de pattes.

Lupus montra sa tablette de cire à Jonathan.

Je peux avoir ta part, alors ?

– Jonathan, dit Mordecaï. C'est très impoli de refuser la nourriture que ton hôte te propose.

– D'accord, soupira Jonathan. Je vais en goûter une.

– Il suffit de la détacher de sa coquille, dit Cartilia.

– Elle est attachée par une petite ventouse, expliqua Aristo.

– Et avale-la d'un coup, tout entière ! renchérit Flavia.

– Je ne devrais pas la mâcher ? demanda Jonathan, sans détacher les yeux du mollusque grisâtre qui brillait dans sa coquille.

– Non ! crièrent-ils tous.

– Ne pense pas à ce que tu manges, dit Cartilia. Fais-le sans réfléchir.

Jonathan hésitait.

– Jonathan ! dit fermement Flavia. En tant que roi des Saturnales, je t'ordonne de manger cette huître !

Les autres éclatèrent de rire et Jonathan leur adressa un sourire gêné. Finalement, il prit une profonde inspiration, renversa la tête en arrière et avala courageusement son huître.

Tout le monde s'esclaffa de nouveau en voyant l'expression de Jonathan, et Lupus inclina la tête pour le remercier lorsque son ami glissa le plateau d'huîtres vers lui, l'air sombre.

Flavia était aux latrines quand elle entendit le premier accord de la lyre d'Aristo et les gazouillis de la flûte de Nubia.

Elle sourit. C'était une nouvelle chanson que Nubia avait écrite pour Aristo. Elle l'avait intitulée : « Le Conteur ». Flavia entendit le tambour de Lupus et constata à quel point il avait progressé durant le mois qui venait de s'écouler. Ensuite, Jonathan se joignit à l'ensemble avec son barbiton[1]. Un bourdonnement régulier, si bas qu'on l'entendait à peine, mais qui manquait lorsqu'il était absent.

Flavia termina rapidement et remit l'éponge dans le pichet de vinaigre. Ils avaient besoin d'elle. Ça n'allait pas, sans le tambourin.

Elle sortit des latrines. Puis se figea.

Le son d'un tambourin venait de se mêler aux autres instruments. Fort, régulier, assuré. Et bien meilleur que lorsqu'elle en jouait elle-même. Flavia s'avança d'un pas et regarda, entre les colonnes enveloppées de lierre, dans la salle à manger.

Il était tard ; le crépuscule approchait. De l'autre côté du jardin bleu-vert, la salle à manger évoquait un coffret à trésor illuminé. Une dizaine

---

1. Sorte de lyre basse d'origine grecque. Il n'existe pas de preuve de l'existence de « barbitons syriens ».

de lampes à huile baignaient la pièce d'une lumière dorée et les deux murs fraîchement repeints rougeoyaient. Jonathan portait son caftan cannelle. Lupus avait sa tunique vert océan et un chapeau de Saturnales qu'il avait trouvé on ne savait où ; il était en feutre rouge, bordé de fourrure blanche. Flavia entendait Nubia et Aristo ; elle n'avait pas besoin de les voir. Mais elle avait besoin de savoir qui jouait sa partition. Elle fit un autre pas en avant et déglutit avec peine lorsque la banquette centrale lui apparut et qu'elle vit qui jouait de son tambourin.

C'était Cartilia. Cartilia avait pris sa place.

Depuis quelques jours, une phrase musicale particulière – avec ce qu'Aristo appelait un changement de clé – résonnait dans la tête de Nubia, obsédante. C'était un passage où sa flûte et la lyre d'Aristo se détachaient sur un rythme puissant, sonore, du tambour et du barbiton, et des cliquetis du tambourin. Nubia avait attendu de l'entendre avec la même impatience qu'elle ressentait parfois quand elle avait envie de sel sur du pain. Maintenant, ils étaient en train de jouer la chanson et ce passage arrivait. Elle avait peine à contenir son excitation.

Elle était là, assise en tailleur au bout de la banquette, dans cette pièce rouge et or, sur le point d'entendre et de jouer la mélodie qu'elle avait tant désirée. L'anticipation était délicieuse.

On y était presque… presque… maintenant !

Quand elle joua le changement de clé, les notes dans sa tête se superposèrent aux notes jouées, en dehors d'elle, des notes si réelles qu'elle les sentit physiquement. Son corps frémit malgré elle quand ils jouèrent le passage. Quel étrange phénomène ! Comment peut-on désirer une mélodie comme on désire manger telle ou telle chose ? On aurait dit que son cœur avait eu faim de cette chanson.

Tout en jouant, Nubia tourna la tête et regarda ses amis. Lupus, la tête penchée d'un côté tandis qu'il battait son tambour. Et Jonathan, qui lui souriait derrière son instrument grave. Cartilia était une révélation. Les yeux fermés, elle affichait un doux sourire en agitant le tambourin.

Et Aristo – le conteur –, perdu dans la musique. Nubia ne lui avait pas dit que la chanson parlait de lui ; elle était trop timide. Il avait la tête baissée, mais elle voyait ses cils épais sous ses boucles et, en regardant ses doigts habiles se déplacer sur les cordes, elle se sentit engloutie par une énorme vague de tendresse. La musique qui avait jailli de son cœur à elle, voilà qu'il la lui renvoyait. Lui et la musique ne faisaient qu'un. Et parce qu'elle aimait la musique, elle l'aimait, lui aussi.

Soudain, les doigts de Nubia se mirent à trembler. Elle n'arrivait plus à jouer. Les notes de sa flûte se firent hésitantes, vacillèrent puis se turent. Son cœur battait plus fort que le tambour de Lupus.

Les autres arrêtèrent de jouer à leur tour, et la musique s'éteignit.

– Ça va, Nubia ? demanda Aristo, l'air inquiet.

Nubia hocha la tête et lâcha sa flûte pour appuyer ses mains froides contre son visage brûlant.

« Oh non ! pensa-t-elle. Ce n'est pas possible. »

– Nubia ?

C'était la voix de Mordecaï.

– Qu'est-ce qui ne va pas ?

– Je me sens juste…

Elle sentait leurs yeux braqués sur elle – et ses yeux à lui aussi – et ne le supportait pas. Sans les regarder, elle descendit de la banquette et quitta la pièce en courant.

En voyant Nubia sortir, Jonathan ouvrit la bouche pour dire quelque chose. Mais il la referma quand Flavia entra en trombe. Le visage blême, elle se dirigea tout droit vers la banquette centrale et tendit la main.

– C'est mon tambourin, dit-elle à Cartilia. Donnez-le-moi, s'il vous plaît.

– Flavia !

La voix du capitaine Geminus trahissait sa colère. Cartilia, en revanche, répondit calmement.

– Je suis vraiment désolée, Flavia. Je ne voulais pas te priver de ton instrument. Je pourrais apporter le mien, la prochaine fois…

Jonathan vit la fureur briller dans les yeux de Flavia et sentit qu'elle était sur le point de dire quelque chose qu'ils regretteraient tous.

– Aaaaah ! hurla-t-il en se tenant le ventre. Ooouuuuille !

Il se tordit sur la banquette de manière convaincante, prenant soin de ne pas cogner son barbiton par terre.

– Jonathan ! s'écria son père. Qu'est-ce qui se passe ?

– Mon ventre ! cria Jonathan. Aaah ! C'est comme si j'avais avalé des tessons d'argile pointus ! Ourgggh !

– Par la barbe de Neptune ! s'exclama le père de Flavia.

– Oh là là ! fit Cartilia. Oh là là là là !

Le visage de Flavia, qui était d'abord restée impassible, affichait à présent un air inquiet.

– Jonathan ! s'écria-t-elle. Ce devait être une mauvaise huître ! Oh, Jonathan, je suis vraiment désolée de te l'avoir fait manger !

Le plan de Jonathan avait marché. Elle avait oublié sa colère.

– Je te pardonne.

Jonathan sourit, puis se rappela qu'il était censé souffir atrocement.

– Aaah !

Il se tortilla de nouveau et se roula en boule pour qu'ils ne voient pas son expression. Il avait aperçu le regard plissé de Lupus. Une personne, au moins, avait percé à jour sa ruse.

Jonathan savait que s'il regardait de nouveau son ami, il éclaterait de rire. Alors il appuya sa figure contre l'un des coussins de la banquette et le mordit de toutes ses forces.

Le lendemain matin, Jonathan et Lupus trouvèrent Flavia dans la salle à manger. Elle était installée à sa place habituelle sur l'une des banquettes, en train de siroter son poculum tout en regardant Hercule. C'était une belle matinée : il faisait clair et beau, et presque doux.

– Tu te sens mieux aujourd'hui, Jonathan ? demanda Flavia après avoir salué les garçons.

Elle tapota la housse de la banquette, indiquant la place à côté d'elle. Jonathan et Lupus s'y installèrent.

– Oui, beaucoup mieux.

L'air inquiet de son amie le faisait un peu culpabiliser.

– Père m'a donné une infusion de camomille avec du sirop de figues. Il a dit que ce n'était probablement pas l'huître, mais juste une indigestion parce que j'ai mangé allongé.

– Mais tout le monde sait que c'est meilleur pour la santé, de manger allongé ! De toute façon, reprit Flavia en baissant la voix, je suis contente que

162

tu aies eu mal au ventre à cet instant-là. J'ai failli me retrouver enfermée jusqu'à la fin de l'année, Saturnales ou pas.

– Pourquoi ? demanda Jonathan innocemment.

– J'étais sur le point de dire à Cartilia où elle pouvait mettre son tambourin.

Lupus brandit sa tablette de cire :

Où est Nubia ?

– Oui, reprit Jonathan. Elle va bien ? Hier soir, elle est sortie de la pièce en courant au beau milieu d'une chanson.

Flavia fronça les sourcils.

– Elle est encore au lit. Elle a dit qu'elle ne se sentait pas très bien. C'est peut-être quelque chose qu'on a mangé.

Puis elle écarquilla les yeux.

– Peut-être que Cartilia essaie de nous empoisonner !

Inquiète, Flavia appuya une main contre son ventre et se demanda tout haut :

– Est-ce que je me sens malade ?

– Je ne crois pas qu'elle essaie de nous empoisonner, répliqua Jonathan. Tu sais, Flavia…

– Oui ? Quoi ?

– Je ne crois pas que Cartilia soit méchante. Je la trouve plutôt gentille. En fait…

Flavia plissa les yeux.

– Quoi ?

Jonathan prit une profonde inspiration.

– Elle me fait un peu penser à toi.

Flavia ouvrit la bouche pour répliquer, mais à cet instant Nubia entra dans la pièce.

Jonathan poussa un soupir de soulagement.

– Je préfère ignorer la dernière remarque de Jonathan, dit froidement Flavia. Maintenant que Nubia est là, récapitulons. Dans mon rêve, Hercule me disait que je dois accomplir douze travaux. Je crois que les travaux sont des pistes à suivre pour résoudre un mystère qui sauvera mon père des vilaines griffes de Cartilia.

Les quatre amis étaient toujours dans la salle à manger, et regardaient le peintre travailler à son dernier panneau. Flavia se tourna vers le mur derrière eux et indiqua la fresque d'Hercule en train de combattre le lion.

– Après avoir capturé le lion, dit-elle, nous avons appris que Cartilia avait deux sœurs, et que l'une des trois filles, celle que l'on surnomme Paula, était un peu bizarre.

Elle indiqua la deuxième fresque. Elle représentait Hercule en train de trancher les têtes de serpent d'une créature évoquant un chien.

– Ensuite, nous avons rendu visite à Dame Sagesse, près de la fontaine de l'hydre. Elle nous a indiqué la maison de Cartilia. La deuxième tâche était alors accomplie. La troisième épreuve d'Hercule fut de capturer la biche vouée à Diane.

Nous avons trouvé Diane et non la biche, mais nous avons découvert que c'est Cartilia qui se fait appeler Paula.

– Et que sa sœur Diane aussi est un peu bizarre, ajouta Jonathan.

Je ne la trouve pas bizarre, écrivit Lupus.

Jonathan sourit.

Flavia montra du doigt la dernière scène peinte sur le mur derrière eux.

– La quatrième tâche d'Hercule, c'était le sanglier. Aux thermes d'Atalante, près d'une mosaïque de sanglier, Nubia et moi avons entendu une conversation et découvert un mobile potentiel. Cartilia projette peut-être d'épouser mon père pour ensuite le tuer afin de mettre la main sur sa supposée fortune.

Jonathan croisa les bras.

– Jusqu'ici, dit-il, tout ça n'est que théorie. Et certains de tes informateurs étaient soûls comme des barriques.

– *In vino veritas*, cita Flavia. Dans le vin, on trouve la vérité.

Lupus marqua son approbation d'un hochement de tête. Flavia pointa le doigt vers le mur central.

– La cinquième tâche d'Hercule nous a menés aux écuries, où nous avons découvert que Cartilia avait demandé quels thermes fréquentait Taurus le gladiateur !

– Je dois admettre que c'est étrange, concéda Jonathan en décroisant les bras.

– Et pendant que vous chassiez l'oiseau de Stymphale, la sixième épreuve, vous avez appris que Cartilia est une vieille sorcière avide.

– D'après sa sœur, précisa Jonathan.

– Pendant ce temps, aux thermes du Forum, nous avons appris que Taurus le Taureau de Crète – à l'évidence notre septième tâche – vend ses peaux mortes à la sortie des bains. Et que Cartilia n'a pas acheté seulement un flacon, mais deux.

Jonathan frémit.

– Encore une fois : beuurk.

– La huitième épreuve, poursuivit Flavia, nous a conduits chez Diomède, le prêtre de Mithras. Qui nous a donné notre pièce à conviction principale. « C'était sa faute à elle », a-t-il dit. Et il parlait clairement de la mort du premier mari de Cartilia, puisqu'il a mentionné Caldus.

– C'est une accusation très grave, dit Jonathan. Il était soûl ?

Flavia secoua la tête.

– Sobre comme une vestale.

Jonathan soupira.

– Donc il nous reste quatre travaux, dit Flavia en ouvrant sa tablette de cire avant de s'appuyer contre le mur rouge. La ceinture de l'Amazone, le troupeau de bovins, les pommes d'or et Cerbère, le gardien des Enfers. Avant de continuer l'enquête, je veux savoir ce que vous en pensez.

Lupus se mit à écrire sur sa tablette.

Quelque chose cloche chez Cartilia.

Elle est gentille même quand Flavia est malpolie.

– Je ne suis pas si malpolie que ça avec elle ! protesta Flavia.

– Mais si, dit Jonathan, et il ignora son regard noir. Moi, j'aime bien Cartilia. Je pense qu'elle aime vraiment ton père, et sa gentillesse avec toi le prouve.

– C'est ton opinion, coupa sèchement Flavia. Et toi, Nubia ? Tu es douée pour sentir les choses que les gens cachent.

Nubia resta un moment silencieuse.

– Cartilia est très gentille avec moi. Mais quand tu l'as questionnée au sujet de son mari décédé, le premier soir, elle a pâli. Comme si elle se sentait coupable.

Flavia hocha la tête.

– Et nous oublions autre chose, dit-elle.

Tous la regardèrent.

– Le message. Diane a donné un message à Aristo lui demandant de la retrouver à la chapelle.

Lupus écrivit sur sa tablette :

Ça n'est pas étrange.

Diane aime Aristo.

– Pourtant, le message était signé Cartilia. Ça ne vous paraît pas bizarre que Diane ait signé Cartilia ?

– Elle s'appelle Cartilia, elle aussi, répliqua Jonathan.

– Je sais. Mais pourquoi signer Cartilia et pas Diane ?

Flavia baissa la voix.

– J'ai une théorie là-dessus. Et si Diane n'était que le messager, même si elle est amoureuse d'Aristo ? Lupus dit qu'Aristo ne l'apprécie même pas. Alors le message venait peut-être vraiment de Cartilia ? Cartilia Paula, je veux dire.

Ils la fixèrent longuement.

– Mais Cartilia aime ton père, objecta Jonathan.

– Ah oui ?

Pensive, Flavia suça une mèche de ses cheveux.

– Lupus, la femme à la chapelle aurait-elle pu être Cartilia ?

Lupus haussa les épaules puis hocha la tête. Il écrivit :

Leurs voix se ressemblent beaucoup.

– Mais pourquoi ? dit Jonathan. Pourquoi Cartilia voudrait-elle rencontrer Aristo ?

– C'est ce que j'essaie de découvrir, dit Flavia. Nubia, la femme dans les bois… Celle qui embrassait Aristo. Est-il possible que cela ait été Cartilia ?

– Oui, c'est possible. Ça pourrait être n'importe quelle femme mince et pas très grande.

Pendant un moment, ils restèrent tous silencieux. Ils regardèrent Hercule étaler du plâtre frais sur le dernier mur de la salle à manger.

Puis Lupus leva sa tablette de cire d'un air gêné.

Même Miriam ?

– Lupus ! s'écrièrent Flavia et Jonathan au même instant.

– Ne lui criez pas dessus, dit tranquillement Nubia. Tout le monde sait qu'Aristo aime Miriam.

– Ça n'aurait pas pu être elle, dit Jonathan. Elle est chez ma tante depuis le matin qui a suivi la cérémonie de fiançailles. Et c'est l'après-midi suivant que Nubia a vu Aristo embrasser une femme.

– D'ailleurs, dit Flavia, Miriam aime mon oncle et je suis sûre qu'elle lui est fidèle.

Ils hochèrent tous la tête.

Jonathan leva la main.

– Hum, Flavia ? Et si on demandait tout simplement à Aristo qui il embrassait ?

– On ne peut pas lui poser cette question, murmura Flavia. Peut-être que Cartilia se sert de son philtre d'amour pour l'ensorceler, lui aussi !

Nubia s'étrangla.

– Pourquoi ? demanda-t-elle.

– Pour qu'il soit sous son charme et l'aide à accomplir son plan maléfique !

ROULEAU XVIII

Dame Sagesse était assise dans la faible chaleur du soleil d'hiver et filait sa laine grise. Quand l'ombre de Nubia se découpa sur ses genoux, la vieille femme leva la tête vers elle, les yeux plissés. Nubia joignit doucement les mains et se mit à genoux.

– Ah, la délicieuse Nubia !

Lusca sourit, dévoilant son unique dent.

– Viens t'asseoir près de moi. Psssht !

Elle chassa le chat gris du tabouret et posa la masse de laine douce sur ses genoux. Le chat sauta sur les pavés froids, les regardant en clignant ses yeux verts, puis commença nonchalamment sa toilette.

Nubia s'assit sur le tabouret et tendit un petit paquet de papyrus. La vieille le fit crisser en le dépliant.

– Du halva ! Délicieux et facile à mâcher. Merci, ma grande.

Dame Sagesse regarda autour d'elle.

– Où est ta jeune maîtresse ?

– Ce n'est pas ma maîtresse, dit tranquillement Nubia. Elle m'a affranchie il y a trois mois.

– Une fille loyale, commenta la vieille dame en hochant la tête. J'apprécie ça. Mais je trouve que c'est toujours ta maîtresse par plusieurs aspects.

Nubia se taisait. Le chat gris se frotta contre sa jambe en ronronnant.

– Ton amie est une quêteuse de vérité, dit la vieille dame, et elle a un grand cœur. Mais elle n'a pas encore compris que la vérité peut être dangereuse. Et parfois douloureuse. De plus, elle essaie de contrôler les gens. Ce qui n'est jamais bien. Elle doit apprendre à faire confiance aux dieux.

– Je veux l'aider, dit Nubia. L'aider à trouver la vérité.

– Alors dis-lui ceci. Dans le monde, presque tout le mal vient de deux sources : l'avidité et la passion. Elle a cherché des actions motivées par l'avidité. Mais dans ce cas particulier, c'est Cupidon qui sème la zizanie, pas Divitiae.

– Qui est Divitiae ?

– Pas qui. Quoi.

La vieille dame ferma les yeux et soupira.

– Mais ça devrait être un dieu. *Divitiae* signifie « richesse », et une seule divinité a plus de pouvoir qu'elle sur le cœur des Romains : Cupidon, le dieu du désir. On l'appelle parfois Amor. Ou Éros. Ton amie Flavia devrait s'intéresser à lui.

– Merci, dit Nubia. Je crois que je comprends. Merci.

La vieille dame avait toujours les yeux fermés et le visage tourné vers le doux soleil d'hiver. Sous ses rayons, sa peau paraissait aussi translucide que du parchemin. Le fuseau gisait dans la laine sur ses genoux.

Nubia caressa le chat ronronnant, puis se leva pour partir. Et hoqueta de surprise quand la vieille dame lui saisit le poignet.

– Quel âge as-tu ? demanda Dame Sagesse en ouvrant son seul œil valide.

Pendant un moment, Nubia fut trop surprise pour parler.

– Onze ans, dit-elle finalement. J'aurai douze ans cet été.

La vieille dame hocha la tête.

– Toi aussi, tu dois faire attention à Cupidon. Comme ta maîtresse. Aucune de vous deux n'est encore assez grande. Si vous le voyez vous viser avec son arc, sauvez-vous. Si par hasard sa flèche vous touche, vous devez l'arracher, la jeter très loin de vous et prendre n'importe quel remède que vous pourrez trouver.

– Une jeune maîtresse autoritaire ! soupira Flavia. Est-ce ainsi que les gens me voient ?

Elle était cachée derrière le coin de la rue et avait tout entendu.

– Un petit peu, dit Nubia.

Puis, voyant l'expression de Flavia, elle ajouta vivement:

– Pas tant que ça.

– Non.

Flavia prit le bras de Nubia quand elles tournèrent dans la rue des Mûriers.

– La vieille a raison. Je suis autoritaire. Mais je suis contente de t'avoir écoutée et laissée la questionner à ta façon. Je devrais essayer ça, un de ces jours.

– Quoi?

– Rester assise sans rien dire.

– Le silence fait parler les gens, dit Nubia.

Flavia acquiesça. Elle entendait faiblement des sifflets et des cymbales.

– Je me demande si elle a raison au sujet du mobile, dit-elle au bout d'un moment. Si ce n'est pas l'avidité, mais la passion. J'ai besoin d'y réfléchir.

À présent, la musique était plus forte et, quand elles tournèrent dans la rue des Vergers, elles rejoignirent un cortège funèbre qui se dirigeait vers la porte de Laurentum. Les filles remontèrent sur le trottoir et s'arrêtèrent, enveloppées dans leur palla, pour s'appuyer contre le mur en brique rouge entre les devantures d'échoppes fermées.

Des hommes et des femmes en sanglots menaient la procession. Enfin, le cercueil passa, une litière avec le corps d'une jeune fille, dont le profil semblait très solennel et triste.

– Oh ! murmura Flavia. C'est Bruta, la fille de Brutus le boucher. Elle devait se marier le mois prochain.

L'expression « se marier » la fit penser à Felix. Elle y pensait si souvent. Tous les jours. Elle soupira. Elle ferma les yeux et son visage lui apparut, comme toujours. « Si vous voyez Cupidon vous viser avec son arc… » avait dit la vieille dame… Trop tard pour lui échapper. La flèche de Cupidon l'avait frappée des mois auparavant et il ne semblait y avoir aucun remède. La maladie semblait même empirer. Elle ne pouvait absolument pas s'imaginer épouser quelqu'un d'autre.

Flavia ouvrit les yeux et secoua la tête.

– Viens, dit-elle en prenant le bras de Nubia. La neuvième tâche d'Hercule fut de récupérer la ceinture de l'Amazone. Je viens de me rappeler quelque chose. Dans le temple de Rome et d'Auguste, Rome est représentée comme une superbe Amazone au pied posé sur le monde. Allons voir si nous pouvons trouver là-bas notre prochain indice.

Nubia regarda le vaste temple. Des colonnes de marbre vert s'élevaient aussi haut que le plus grand palmier d'une oasis. Au-dessus d'elle, une colombe passa en voletant du sommet d'une colonne à la suivante.

Deux prêtres, la tête drapée dans une toge, plaçaient des billes d'encens sur des braseros devant la statue de Rome et d'Auguste. De pâles rayons de soleil doré traversaient la fumée qui montait devant eux.

– Là, murmura Flavia. Voilà Auguste. Il a été empereur, mais à présent c'est un dieu.

– Auguste, celui qui portait cinq tuniques à cause du froid ? C'est un dieu, maintenant ?

– Exactement. Et la femme à côté de lui, c'est Rome sous la forme d'une Amazone.

– Rome est une fille avec un sein nu ?

– Oui. Ça montre que c'est une Amazone. Une courageuse guerrière. Parfois, on représente Rome ainsi. Et tu vois ? Elle a le pied sur le monde.

– Cette balle ? C'est le monde ?

Nubia ne comprenait pas. L'odeur sucrée, écœurante, lui faisait tourner la tête. Elle tendit la main pour prendre celle de Flavia.

– Oui, dit Flavia. Et son pied montre que Rome l'a conquis.

Nubia plissa les yeux dans la fumée d'encens pour examiner le ravissant visage de la statue. Puis elle se tourna vers Flavia.

– Rome l'Amazone a un visage familier, remarqua-t-elle.

– C'est exactement ce que j'étais en train de penser…

Flavia baissa la voix, car l'un des prêtres s'était tourné vers elle pour la fusiller du regard.

– Mais qui me rappelle-t-elle donc ?

Soudain, Nubia sut.

Elle se tourna vers Flavia.

– L'Amazone ressemble énormément à la sœur de Cartilia, Diane.

Flavia inspira profondément et cogna le heurtoir qui figurait la massue d'Hercule. Nubia avait raison. Il y avait une seule guerrière détestant les hommes dans cette ville. Le secret du neuvième indice – l'indice de la ceinture d'Amazone – devait se trouver du côté de la sœur de Cartilia, Diane.

Flavia avait le cœur battant. Et si Cartilia répondait à la porte ? Flavia avait été très malpolie avec elle la veille au soir. Elle n'aurait jamais dû révéler ses véritables sentiments de cette façon. Maintenant, elle devait faire semblant d'être désolée.

Il n'y avait peut-être personne à la maison. Ce serait presque un soulagement.

Brusquement, la porte s'ouvrit et une femme coiffée d'un délicat filet à cheveux apparut devant elles. Il fallut un moment à Flavia pour reconnaître la mère de Cartilia, Vibia. Sans perruque, ses cheveux naturels étaient lisses et gris.

– Oh. Bonjour, Flavia, dit platement Vibia. Et Nubia. Entrez, je vous en prie.

– Merci, dit Flavia, et elle prit une profonde inspiration. Cartilia est-elle ici ? Je veux dire Cartilia Paula ?

– Non. Ma fille aînée est aux thermes.

Elle les conduisit à travers l'atrium jusque dans le bureau. Aucun rouleau n'était ouvert sur la table, et il n'y avait pas de pichet de vin épicé.

– Asseyez-vous.

– Merci.

Flavia et Nubia prirent place sur les mêmes chaises que lors de leur première visite. Cette fois-ci, Vibia ne leur offrit pas de rafraîchissement. Assise toute raide dans son fauteuil, elle regardait les filles. Flavia songea qu'elle paraissait vulnérable sans son élégante perruque.

– Euh… Cartilia Paula va-t-elle aux thermes d'Atalante ? demanda Flavia en tortillant l'ourlet de sa palla.

– Pourquoi supposes-tu cela ? répondit Vibia, presque sèchement.

Elle secoua la tête.

– Non, mes deux filles fréquentent les thermes de Minerve, un établissement respectable.

– Ah. Eh bien, je voulais voir Cartilia parce que… je veux lui présenter des excuses. J'ai été impolie avec elle hier soir.

Vibia soupira.

– Je suis contente de l'entendre. Tu as profondément blessé ma fille. Elle pleurait, hier soir.

– Quoi ? Cartilia pleurait ?

Vibia hocha la tête. Elle-même avait les larmes aux yeux.

– Elle fait tant d'efforts pour essayer de conquérir ton affection. Ton approbation.

– Je l'ai fait pleurer ?

– Cela t'étonne qu'une adulte puisse pleurer ?

La voix de Vibia tremblait.

– Tu aurais dû la voir quand elle est rentrée à la maison, après que ton père lui a dit au revoir. Elle m'a raconté ta colère à cause du tambourin. Elle pensait que tu commençais enfin à l'apprécier…

Vibia tapota ses cheveux et se leva.

– Oh là là. Je ne devrais pas vous raconter tout ça. Mais quand elle souffre, je souffre. Elle est toujours ma petite fille, vous savez.

– Je suis désolée, dit Flavia, le cœur serré. Je ne savais vraiment pas… Je suis désolée.

Vibia la regarda.

– Paula recherche désespérément ton approbation, Flavia. Elle aime tellement ton père. Quand elle est rentrée ici, le jour où elle l'a rencontré, il y a quelques semaines, j'ai vu que pour la première fois depuis des années la flamme de son regard était revenue. Depuis, elle semblait plus jeune et plus heureuse. Jusqu'à la semaine dernière. Je lui ai demandé ce qui n'allait pas. Au début, elle a refusé de parler. Finalement, elle a dit : « Sa fille me déteste et je ne sais pas pourquoi. »

179

– Je crois que nous devrions partir, maintenant, dit Flavia en se levant.

– Attends…

Vibia s'avança et prit la main froide de Flavia dans la sienne.

– Je te remercie beaucoup d'être venue t'excuser. Je ne peux pas te dire à quel point ça comptera pour Cartilia Paula. Ni à quel point ça compte pour moi.

– Oui. Bien. Nous devons partir, maintenant. Viens, Nubia.

Elle était presque dehors quand Nubia lui attrapa la main pour l'arrêter. Flavia se retourna, prête à protester, mais se tut en voyant ce que Nubia avait découvert : plusieurs capes pendues dans le vestibule.

– Quel beau manteau ! fit Nubia en désignant l'une des capes. Il est à Diane ?

Vibia jeta un coup d'œil vers les manteaux accrochés à côté de la porte.

– Le gris avec une capuche ?

Nubia acquiesça.

– Non, dit Vibia en souriant. Ce manteau-là est à moi. Il est superbe, n'est-ce pas ? Il est fait avec une laine spéciale qui vient du ventre de la chèvre et il est très chaud. C'est mon mari qui me l'a offert.

Regarde, Flavia ! Des champignons !
– Nubia se pencha pour prendre le panier posé sous le porche. Un ruban rouge était noué autour de la poignée, avec une étiquette en papyrus fixée dessus.

– Oh, par Pollux ! s'exclama Flavia. Ça vient d'elle. Maintenant je me sens vraiment mal.

Nubia regarda l'étiquette et Flavia la lut à haute voix :

Les champignons vous feront passer de bonnes Saturnales.

Je les ai fourrés moi-même à la main.
Tendrement,
De la part de Paula.

– Ils ont l'air bons, dit Nubia.

– Pater n'est pas là ce soir, dit Flavia. Il dîne chez Cartilia. Mais Jonathan et Aristo aiment les champignons. Si on invitait les garçons et le docteur Mordecaï ? Notre garde-manger se vide. Ils apporteront la viande.

– Alors, vous avez trouvé quelque chose pour la dixième épreuve à la laiterie de la Vache Rouge ? demanda Flavia.

Jonathan secoua la tête mais Lupus fit signe que oui.

– Ah oui, dit Jonathan en ricanant. Lupus a gagné aux dés.

– Combien ? demanda Flavia en disposant les champignons farcis sur un plateau.

Lupus vida sur la planche à découper un cône en papyrus rempli d'amandes.

– *Euge* ! dit Nubia. Je vais pouvoir préparer des dattes fourrées pour le dessert.

– Et vous avez trouvé des indices sur Cartilia ?

– Non, dit Jonathan. Mais saviez-vous qu'il y a une nouvelle taverne au bord du fleuve, appelée la taverne d'Atlas ?

– Et… ?

Flavia ajouta du persil séché pour garnir le plat de champignons.

– Eh bien, quand Hercule a accompli sa onzième tâche, ramener les pommes d'or, Atlas l'a aidé, non ?

– Si, dit Flavia. Hercule a porté le monde sur ses épaules à sa place pendant qu'Atlas allait chercher les pommes dans le jardin des Hespérides.

– Alors on devrait essayer la taverne d'Atlas ! On pourrait y aller maintenant !

Lupus secoua sa boîte à dés et hocha la tête avec enthousiasme.

– Non, soupira Flavia. J'envisage d'annuler toute l'opération. Nous avons parlé avec la mère de Cartilia, aujourd'hui. Il semblerait que Cartilia aime vraiment mon père. Oh, et apparemment, c'est sa mère, la maîtresse secrète d'Aristo.

– Quoi ?

– Je ne sais pas, Jonathan ! s'énerva Flavia. Je suis tellement déprimée. La fille de Brutus est morte et j'ai fait pleurer Cartilia et je ne sais plus du tout où j'en suis. Contentons-nous d'un grand festin, ce soir, jouons de la musique et oublions nos malheurs. Vous pouvez tous venir ?

Jonathan acquiesça.

– Lupus et moi, oui, mais Père a dit qu'il rentrerait tard. Il a beaucoup de patients malades en ce moment.

– Vous pouvez apporter de la viande ?

Jonathan acquiesça de nouveau.

– L'un des patients de mon père l'a payé avec une cuisse de sanglier sauvage. Père n'aime pas trop ça, alors…

Soudain, un fracas retentit dans la salle à manger, puis un bruit sourd.

– C'était quoi ? s'écria Jonathan.

Nipur sortit de la cuisine en dérapant et Scuto le suivit en boitant. Les quatre amis les suivirent de l'autre côté du jardin.

– Ici !

Caudex, le gardien, était accroupi devant un corps étendu par terre dans le triclinium.

C'était Hercule le peintre.

– Mon Dieu, encore un ! Oh non !

Mordecaï, penché au-dessus de la banquette où ils avaient allongé Hercule, se redressa.

– J'ai bien peur qu'il ait la fièvre, lui aussi. C'est le sixième ou septième cas, cet après-midi. Il ne pourra pas bouger pendant au moins deux jours. Nous devons le ramener chez lui. L'un d'entre vous sait-il où il habite ?

Il y eut un silence. Lupus, qui examinait le pinceau d'Hercule, leva la tête. Tout le monde le regardait.

Il haussa les épaules.

– Nous ne savons que son nom, dit Flavia. Hercule.

– Je sais où il habite, dit Caudex en se grattant l'aisselle. Je peux le porter là-bas.

– Mais qui va finir de peindre le mur ? s'écria Flavia.

Quand on emporta le peintre, Lupus regarda le pinceau qu'il avait à la main. Et sourit.

Jonathan prit un champignon sur le plateau et indiqua Scuto du menton.

– Il a l'air d'aller mieux, maintenant.

C'était la fin de l'après-midi ; ils s'étaient tous rassemblés dans le triclinium de Flavia pour le dîner.

– Oui, dit Flavia. Il faisait la sieste, tout à l'heure, mais Nubia et moi l'avons emmené faire une petite promenade dans les bois il y a environ une heure.

– Vous n'avez pas vu de gens en train de « s'embrasser très fort » ? ricana Jonathan.

Puis il se plaqua la main sur la bouche et regarda Aristo.

Flavia aussi lui jeta un coup d'œil, mais il contemplait le mur derrière elle, les yeux écarquillés.

Elle se retourna.

La fresque avait été terminée. Les esquisses des deux derniers travaux avaient été colorées d'une main experte. Dans la onzième tâche, Hercule s'efforçait de supporter le poids du ciel sur ses épaules couvertes d'une peau de lion, tandis qu'Atlas se tenait devant lui avec trois pommes d'or. Dans la dernière scène, Hercule menait un chien à trois têtes vers un homme qui tremblait, réfugié au fond d'une énorme amphore.

– Hé ! dit Jonathan, la bouche pleine. Ces deux Hercule te ressemblent un peu, Flavia ! À part la barbe et les muscles, bien sûr.

– S'embrasser très fort ? dit soudain Aristo. Que voulez-vous dire par là ?

Flavia l'ignora.

– Oh ! Oui, c'est moi ! s'écria-t-elle. Mais nous avons ramené Hercule le peintre chez lui ! Comment a-t-il pu terminer... ?

Elle s'interrompit et tourna lentement la tête vers Lupus.

Lupus contemplait le plafond en sifflotant.

– Aha ! s'écria Jonathan en levant la main droite de Lupus. La preuve ! De la peinture sur ses doigts !

– Lupus, c'est toi qui as terminé ces peintures ? demanda Flavia.

Lupus hocha la tête et se mit à écrire sur sa tablette.

– Elles sont magnifiques, dit Nubia. Presque aussi belles que celles du peintre.

Lupus souleva sa tablette de cire :

J'étais obligé de les terminer.

Le plâtre sèche vite.

– Il a raison, dit Aristo en se penchant en avant pour prendre un champignon. Si on ne finit pas de peindre une fresque avant que le plâtre ait séché, on doit refaire entièrement le mur. Ou le laisser inachevé.

– Eh bien, elles me plaisent, conclut Jonathan en fourrant un autre champignon dans sa bouche. Je trouve Flavia très bien avec une barbe.

– Qui est l'homme qui se cache dans la grosse amphore ? demanda Nubia.

– Par la barbe de Neptune ! Lupus ! Tu l'as fait ressembler à Pater !

Lupus ricana et hocha la tête.

– Ces champignons ont un drôle de goût, commenta Aristo en fronçant les sourcils.

Jonathan l'approuva.

– C'est toi qui les as préparés, Flavia ?

186

Flavia se détourna de la fresque.

– Non. Ils viennent de Cartilia.

Elle en prit un.

– D'après son petit mot, elle les a farcis elle-même.

– Mais farcis à quoi ? dit Jonathan. C'est un truc marron…

– De la tapenade ? suggéra Aristo.

– Ou une sauce au poisson très épaisse ? dit Jonathan en mastiquant d'un air pensif.

Soudain, Flavia eut l'impression que son sang se glaçait dans ses veines.

– ARRÊTEZ ! hurla-t-elle. Ne les mangez pas ! Ils sont empoisonnés !

ROULEAU XXI

uoi ? Empoisonnés ? s'écria tout le monde. – Oui ! dit Flavia. Ces champignons sont empoisonnés ! Cartilia essaie de se débarrasser de nous parce que nous nous rapprochons trop de la vérité ! Elle a choisi précisément l'après-midi où Pater était sorti pour nous assassiner ! J'avais raison à son sujet, finalement.

– De quoi parles-tu ? s'étonna Aristo en reniflant un champignon. Ça ne sent pas très bon, mais je ne pense pas que ce soit du poison. Ça sent l'huile, et peut-être le cumin…

Il renifla de nouveau.

– Le cumin, ça sent un peu comme la sueur…

– Par le paon de Junon ! s'écria Flavia. C'est le philtre d'amour !

Aristo fronça les sourcils.

– Le philtre d'amour ?

Jonathan était verdâtre.

– Nooooon !

– Si, assura Flavia en hochant la tête, l'air sombre. Vous avez mangé des champignons fourrés aux peaux mortes de gladiateur !

– Aaargh ! cria Jonathan. Des champignons d'amour ! Je les aurais préférés empoisonnés !

– Par Apollon ! s'écria soudain Aristo. Je vais la tuer !

Il se leva brusquement, bousculant la table et renversant le plat de champignons, qui tomba par terre avec fracas. Le message humide était resté collé sous le plat. À présent, il gisait au sol, au bout de son ruban rouge.

Aristo ramassa le papyrus et le lut. Le souffle court, il regarda les chiens qui engloutissaient les champignons d'amour, à ses pieds. Puis il chiffonna le mot et le jeta par terre.

– Je jure que je la tuerai ! répéta-t-il, et il quitta la pièce en trombe.

Flavia Gemina se redressa, tendue, sur sa banquette, et se tourna vers Lupus.

– Suis-le ! siffla-t-elle. Discrètement. Il ne faut pas qu'il te voie.

Les yeux brillants, Lupus acquiesça puis sauta de la banquette et se glissa hors de la pièce.

Flavia regarda les autres.

– Je ne sais pas qui Aristo est allé voir, mais c'est la personne qui est derrière tout ça. Si Lupus ne le perd pas, nous pourrons peut-être enfin résoudre ce mystère.

Lupus suivit Aristo dans le crépuscule, aussi silencieusement qu'une ombre. Il le perdit une fois dans une foule de fêtards mais, à ce moment-là, il avait deviné où Aristo se rendait, alors il prit un raccourci. Il était déjà caché derrière la colonne du porche d'un voisin, quand Aristo cogna la porte avec le heurtoir en forme de massue.

Lupus tendit l'oreille, ignorant le bruit du vent dans les arbres et les chants qui venaient de la taverne du Paon.

Il entendit la voix d'Aristo, basse, furieuse, puis celle d'une femme. Le vent tomba un moment et il distingua faiblement la femme qui lançait :

– Mater, je peux t'emprunter ton manteau ?

Lupus prit une inspiration et se rapprocha furtivement, gagnant le porche du voisin le plus proche. Le crépuscule baignait tout dans une lueur bleu électrique. Nubia appelait ça « l'heure bleue »

Il écouta, et soudain il entendit des bottes crisser sur les pavés. La voix d'Aristo retentit, presque dans son oreille. Ils étaient juste de l'autre côté de la colonne !

– C'est toi qui as envoyé ces champignons, n'est-ce pas ? Tu les as fourrés avec ta potion répugnante. Tu croyais vraiment que ça marcherait ?

– Non, Aristo… ce n'est pas moi. Ne me regarde pas comme ça !

– Alors enlève cette perruque ridicule.

– Mais tu n'aimes pas mes cheveux courts.

– Je n'aime pas cette perruque non plus. Et n'essaie pas de changer de sujet. C'est toi qui as envoyé ces champignons. Tu as fait croire qu'ils venaient de ta sœur. Avoue-le !

– D'accord. Mais je te le dis seulement parce que je t'aime, Aristo, je ne veux pas que ça crée un problème entre nous.

– Nous ? Il n'y a pas de « nous »… Je ne t'aime pas. Grands dieux, je ne t'apprécie même pas.

– Mais la semaine dernière… Dans les bois… Ça ne voulait rien dire pour toi ? La façon dont tu m'as serrée dans tes bras, dont tu m'as embrassée… Tu m'as dit que tu m'aimais, à ce moment-là…

Lupus entendit Aristo grogner.

– J'ai dit que je t'aimais ? J'avais perdu la tête. Un dieu a dû me posséder.

– Ce n'était pas un dieu. C'était elle, n'est-ce pas ? Tu pensais à elle.

Sa voix était douce, presque calme.

– Tu m'as appelée je ne sais plus comment. Melania ? C'est ainsi qu'elle s'appelle ?

– Diane, s'il te plaît. Je suis désolé, mais je ne t'aime pas.

– Non. C'est elle que tu aimes. N'est-ce pas, Aristo ? Tu aimes Melania et elle ne veut pas de toi. J'ai raison, non ?

Il y avait une note de stupeur dans sa voix.

– Alors tu as fermé les yeux et tu t'es imaginé que j'étais elle ?

Il y eut un silence.

– C'est à peu près ça.

191

– Ignoble larve, cracha Diane d'une voix calme. Si elle te fait seulement à moitié autant de mal que tu m'en fais, je serai contente.

– Tu peux être contente, dit Aristo tristement.

Les yeux de Flavia s'écarquillaient de plus en plus à mesure que Lupus transcrivait la conversation qu'il venait de surprendre. Les quatre amis étaient assis sur la banquette centrale, près d'un brasero rempli de braises ardentes. Dehors, dans le jardin, la nuit était tombée.

– Diane! souffla Flavia en regardant Lupus écrire. C'était Diane qu'Aristo embrassait!

Lupus acquiesça.

– Alors elle a emprunté le manteau de sa mère? Celui avec la capuche?

Lupus hocha de nouveau la tête et ajouta trois mots à sa tablette.

Et sa perruque.

– Je suis idiote! dit Flavia en remontant une couverture sur ses épaules. J'aurais dû comprendre que c'était Diane. Regardez cette étiquette, celle qui accompagnait les champignons. L'écriture est la même que sur le message que Diane a donné à Aristo. Je ne sais pas pourquoi j'ai pensé à Cartilia.

– Tu n'avais plus vraiment les idées claires, observa Jonathan.

– Je sais, soupira Flavia. Et je suis encore un peu perdue.

– Moi aussi, dit Jonathan en lui rendant le papyrus. J'ai compris que Diane aime Aristo. Mais pourquoi a-t-elle signé l'étiquette Paula ?

– Peut-être parce qu'Aristo n'aurait pas touché les champignons s'il avait su qu'ils venaient de Diane, dit Flavia.

– Beurk ! fit Jonathan en frémissant. Je n'arrive pas à croire que j'en ai mangé trois. J'espère que je ne vais pas tomber amoureux de Diane !

Elle n'est pas si mal, écrivit Lupus.

– Oooh ! fit Jonathan. Lupus aime Diane ! Tu as mangé de ces délicieux champignons d'amour, Lupus ? Ha, ha, ha !

Il s'esclaffait. Lupus se jeta sur lui. Nipur et Tigris aboyèrent, tout excités.

– Attention, vous deux ! cria Flavia. Vous allez renverser le brasero et mettre le feu à la maison !

Quand les garçons se furent calmés, Nubia dit :

– Je crois que Diane est jalouse de Cartilia. Dans mon clan, j'avais une amie qui était toujours en rivalité avec sa sœur.

– Tu as peut-être raison, dit Flavia. Diane n'a jamais été mariée et sa sœur s'apprête à se marier une seconde fois. C'est sans doute pour ça qu'elle a traité Cartilia de vieille sorcière avide. Elle voulait dire avide de maris, pas d'argent.

Soudain, elle s'étrangla.

– Oh non !

– Quoi ? fit Jonathan.

– Je viens de penser à un truc terrible. Et si Diane n'avait pas seulement signé Cartilia sur des messages ? Peut-être qu'elle se fait carrément passer pour Cartilia !

– Mais Diane a les cheveux courts.

– Oui. Mais sa mère a une perruque. Je parie que Diane a raconté partout qu'elle était Paula : à Fimus aux écuries, à Oleosus aux thermes...

Flavia regarda ses amis.

– Nous n'avons pas beaucoup de temps pour découvrir la vérité. Demain, c'est le dernier jour des Saturnales. Il nous reste deux travaux : les pommes d'or et Cerbère, le gardien des Enfers. Jonathan, toi et Lupus, allez voir la taverne d'Atlas, celle dont tu me parlais. Voyez si Diane a pu se faire passer pour sa sœur. Et découvrez tout ce que vous pourrez au sujet du mari décédé de Cartilia. C'est la seule chose que je ne comprends pas : pourquoi elle se comporte de manière si étrange chaque fois que je le mentionne.

– D'accord, dit Jonathan. Et toi et Nubia ? Vous allez rendre une visite au pays de l'au-delà ?

Nubia se signa contre le Mal. Flavia hocha lentement la tête.

– En un sens, oui, dit-elle.

ROULEAU XXII

Flavia prit la main de Nubia. Elles contemplaient la tombe d'Avita Procula. Dans la lumière grise de cette matinée nuageuse, la fresque représentant la petite fille avec son chien paraissait plate et terne.

Flavia n'avait jamais rencontré la fille dont les cendres se trouvaient ici, mais elle avait le sentiment de regarder la tombe d'une amie.

– Venir ici me fait penser au premier mystère que nous avons résolu ensemble. Tu te rappelles, Nubia ?

Nubia fit signe que oui, sans détacher les yeux de la fresque, qui représentait la petite fille gisant sur son lit de mort. Scuto et Nipur, qui avaient marqué leurs arbres préférés, revinrent pour renifler la tombe.

– C'était il y a seulement six mois ! Tu arrives à le croire, toi ? continua Flavia. On dirait que ça fait bien plus longtemps.

– Sa tombe me rappelle les chiens sauvages[1], dit Nubia.

---

1. Voir *Les mystères romains*, tome 1 : *Du sang sur la via Appia*.

– Et le… truc à trois têtes… renchérit Flavia en frémissant. C'est pour ça qu'on est là. La dernière tâche d'Hercule fut de ramener Cerbère du pays des morts. Cet endroit est le seul auquel j'aie pu penser qui évoque un peu l'au-delà.

– J'espère que nous n'allons pas rencontrer de chiens sauvages, dit Nubia.

– Moi aussi.

Flavia ébouriffa la tête de Scuto et regarda autour d'elle.

– Ça fait près d'une demi-heure que nous sommes ici. Il n'y a personne. Je ne comprends pas. Les indices d'Hercule ne nous ont jamais trompés, jusqu'à maintenant.

Nubia lui toucha le bras.

– Écoute. Tu entends ce bruit ?

Flavia écouta, puis hocha la tête.

– Là-bas, dit soudain Nubia en indiquant des pins parasols. Il y a quelqu'un assis au pied d'un arbre.

– Tu as raison. C'est un jeune chasseur… non ! C'est Diane, et… et elle pleure !

– Je crois que c'est là, dit Jonathan en s'arrêtant devant la taverne pour observer la fresque malhabile au-dessus de l'entrée. Ça ressemble à Atlas en train de porter le ciel…

Je pourrais peindre Atlas mieux que ça, écrivit Lupus.

– Tu l'as déjà fait. Chez Flavia.

Jonathan sourit puis secoua la tête.

– Si Père savait que je m'apprête à entrer dans une taverne…

Il monta les trois marches, puis s'approcha du bar et appuya ses coudes sur le comptoir en marbre. La surface lisse, couleur crème, était incrustée d'un motif de carrés roses et verts. Lupus s'accouda à côté de lui.

– Bonjour les garçons ! lança l'aubergiste. Qu'est-ce qu'il vous faut ?

– Deux tasses de vin chaud, répondit Jonathan, avec toute l'assurance qu'il put rassembler. Avec beaucoup d'eau, s'il vous plaît.

– Certainement. Vous voulez un supplément de poivre ?

Jonathan hocha la tête.

L'aubergiste trempa sa louche dans un trou du comptoir. Jonathan se pencha en avant pour regarder. La jarre de vin était carrément encastrée dans le bar. Malin. L'homme remplit à moitié deux gobelets en céramique, avec un vin si sombre qu'il était presque noir, puis compléta la mixture avec de l'eau chaude qu'il gardait dans une urne d'argent. Enfin, il saupoudra un peu de poivre sur le dessus.

– Voilà.

– Combien ?

– Trois sesterces.

Jonathan fouilla dans sa bourse à la recherche d'un denier. Il posa la pièce d'argent sur le comptoir et sirota son vin.

L'aubergiste prit le denier et lui rendit un sesterce de cuivre qu'il fit glisser sur le marbre.

– C'est bon ?

– Très.

Jonathan prit une inspiration et, sans laisser le temps à l'aubergiste de se détourner, ajouta :

– Mon amie Cartilia Poplicola n'est pas venue aujourd'hui ?

C'était une question maladroite, mais Flavia leur avait dit de tout essayer.

– Non, dit l'aubergiste, et il leva le pouce par-dessus son épaule. Mais son mari est là.

– Qu... ark !

Jonathan faillit s'étrangler avec son vin et Lupus toussa si fort qu'il fallut lui donner des tapes dans le dos.

– Désolé, dit l'aubergiste. Trop de poivre ?

– Le mari de Cartilia ? Celui qui est mort ?

L'aubergiste gloussa.

– Caldus a un peu la gueule de bois mais je ne dirais pas qu'il est mort. C'est lui, là-bas, dans la cour. En train de parler à ses amis. Il est arrivé de Rome hier soir. C'est le grand costaud en manteau marron.

Bonjour, Diane.

– Flavia s'assit en tailleur sur les épines de pin humides devant la fille en pleurs. Nubia, d'un mouvement gracieux, l'imita. Scuto et Nipur saluèrent la chasseresse avec leur museau froid et leur queue frétillante.

Diane leva la tête et les regarda de ses yeux gonflés, puis se recroquevilla.

– Allez-vous-en.

Flavia et Nubia échangèrent un regard.

Diane releva la tête.

– Pourquoi vous ne partez pas ?

– Nous voulons te consoler, mentit Flavia.

– Alors il vous l'a dit ? Il vous a tout raconté sur cette pauvre Diane qui est amoureuse ?

– Non, répondit Flavia. Aristo n'a rien dit. Nous avons deviné.

– Ah.

Diane serra ses jambes dans ses bras et posa le front sur ses genoux. Elle portait le manteau gris à capuche de Vibia sur sa courte tunique rouge.

– Vous avez tellement de chance, murmura-t-elle finalement. Vous pouvez être avec lui tous les jours.

Flavia ouvrit la bouche pour dire quelque chose, puis se rappela ce que Nubia lui avait appris et se ravisa.

– Je me souviens de la première fois que je l'ai vu, souffla Diane. Il y a deux ans. J'ai pensé que c'était un dieu descendu de l'Olympe. Il sortait des bois avec Lysandre. Il avait attrapé un chevreuil. Une superbe bête. Je rêvais d'être cet animal qu'il portait en travers de ses épaules.

Diane avait toujours la tête baissée, sa voix était étouffée.

– C'est là que j'ai décidé de me mettre à la chasse. Et, il y a environ un an, je l'ai enfin rencontré. Parfois, nous chassions ensemble, avec Lysandre. Puis Aristo est parti pour l'été et, quand il est revenu, il semblait distant. Il me regardait à peine.

Diane frémit et resserra son manteau autour d'elle.

– Le mois dernier, je l'ai trouvé en train de chasser dans les bois, seul. Je suis allée le voir et je lui ai avoué ce que je ressentais. C'est la chose la plus courageuse que j'aie jamais faite. Et lui, il… il m'a regardée comme si j'étais folle. Il m'a dit qu'il ne pourrait jamais m'aimer.

Dans les arbres, au-dessus d'eux, un oiseau chanta.

– C'est à ce moment-là que je me suis coupé les cheveux et que j'en ai fait l'offrande à Diane. J'ai fait le vœu de ne jamais me marier, de rester vierge à jamais. Aristo ne m'aimait pas avec les cheveux courts. Et il n'aimait pas que je me fasse appeler Diane. Mais je m'en fichais. Je me sentais neuve et forte. Au début. Ensuite, quand le gladiateur est arrivé et qu'on a raconté qu'il vendait des philtres d'amour, je n'ai pas pu résister. J'en ai acheté un flacon et je l'ai mis dans la quiche aux cailles.

– Je peux juste te demander… ? intervint Flavia. Tu sais, on est censé mettre un de ses fluides corporels dedans…

Diane les regarda de ses yeux liquides.

– Des larmes, murmura-t-elle. J'ai ajouté mes larmes.

Flavia poussa un soupir de soulagement et attendit.

– La semaine dernière, j'étais en train de chasser dans le bosquet. C'était l'après-midi. Le premier jour des Saturnales. J'ai entendu un bruit. C'était lui. Il pleurait. J'ai pensé que la potion avait peut-être marché… Alors je suis allée vers lui, j'ai pris son visage dans mes mains. Il m'a laissée baiser ses larmes et ensuite il m'a embrassée à son tour. Et là… ah là là…

Elle serra ses genoux plus fort.

– Ensuite il est redevenu distant. Alors j'ai racheté de la potion. Mais hier, il m'a dit qu'il ne m'aimait pas et je me suis rendu compte que ce n'était pas l'effet de la potion. Quelle idiote ! Et maintenant, ma sœur va se marier pour la seconde fois. C'est pas juste. Je la déteste ! Et je déteste Melania, qui que ce soit. Mais, plus que tout, je déteste Aristo !

Scuto sentit la détresse de Diane et posa une patte sur son bras pour la réconforter. Alors, elle fondit en larmes.

– Et je voudrais… sanglota Diane. Je voudrais être morte !

La cour de la taverne d'Atlas baignait dans la lumière nacrée d'une journée nuageuse et dans l'odeur de saucisses en train de griller. Il y avait un treillage couvert de lierre contre un mur, une petite fontaine bouillonnante et une seule table en bois avec de longs bancs de chaque côté. Quatre hommes y étaient assis et, même s'ils ne portaient pas de toge, Lupus vit aussitôt qu'ils étaient de haute naissance.

– Comment allons-nous l'approcher ? murmura Jonathan. On ne peut pas simplement lui tomber dessus et lui dire : « Bonjour, pourquoi vous n'êtes pas mort ? »

Lupus haussa les épaules.

Ensuite, il sourit : il venait d'entendre un bruit qu'il connaissait bien. Le cliquetis de dés dans une boîte en bois.

Il savait précisément comment briser la glace.

Flavia courut à la porte d'entrée, fit glisser le verrou et ouvrit.

Elle se retrouva nez à nez avec Jonathan.

– Tu ne vas jamais croire ce qu'on a découvert ! s'écrièrent-ils tous les deux en même temps.

Ils s'esclaffèrent.

– Toi d'abord, dit Jonathan.

Lui et Lupus suivirent Flavia à travers l'atrium pour gagner le bureau. Nubia s'y trouvait déjà. Elle se réchauffait les mains au-dessus du brasero. Il était encore tôt dans l'après-midi, mais le soleil rouge avait déjà glissé derrière l'enceinte de la ville, et le jardin intérieur, dans l'ombre, était froid.

– Nous avons découvert que Diane est amoureuse d'Aristo depuis près de deux ans, commença Flavia. Elle lui en veut parce qu'il lui a donné de faux espoirs, la semaine dernière. Et elle est furieuse parce que sa sœur est fiancée pour la deuxième fois.

Pauvre Diane, écrivit Lupus.

– Je serais désolée pour elle, moi aussi, si elle n'avait pas fait le tour de la ville en se faisant passer pour Cartilia.

– Elle l'a avoué ? demanda Jonathan.

Flavia hocha la tête.

– Elle a expliqué qu'elle mettait la perruque et la cape de sa mère et gardait la tête baissée. Elle a dit à Oleosus, l'esclave qui s'occupe des thermes, que son nom était Paula. Et c'est encore elle qui a demandé à Fimus où Taurus le gladiateur prenait ses bains.

Jonathan hocha la tête.

– Parce qu'elle ne voulait pas qu'on sache que Diane la vierge chasseresse achetait du philtre d'amour !

Flavia, les yeux fixés sur les braises rougeoyantes, acquiesça.

– Ça me gêne de l'admettre, mais on dirait que j'avais tort au sujet de Cartilia. Elle est innocente. Son mari a dû mourir de mort naturelle.

– Non, déclara Jonathan en croisant les bras. Pas du tout. C'est ça, notre scoop.

Flavia le regarda, les yeux écarquillés.

– Il a été assassiné ? Vous en avez la preuve ?

– Il n'a pas été assassiné et il n'est pas mort de mort naturelle. En fait, il n'est pas mort du tout. Il est en vie et bien portant, et il habite à la taverne d'Atlas.

Flavia ouvrit la bouche, mais aucun son n'en sortit. Finalement, elle parvint à lâcher un « Quoi ? » étranglé.

– Il est venu de Rome. Il a pris une chambre à la taverne d'Atlas. Nous avons joué aux dés avec lui. Nous avons gagné deux douzaines de noix et appris qu'il a divorcé de Cartilia.

Flavia hoqueta.

– Il a divorcé d'elle ?

Jonathan acquiesça.

– Mais c'est formidable !

– Je sais, dit Jonathan. Maintenant, ton père peut l'épouser et être heureux, et toi tu auras une nouvelle mère.

– Cartilia ne sera jamais ma mère ! rétorqua farouchement Flavia. C'est elle qui essaie de me marier pour se débarrasser de moi et me forcer à rester enfermée. Je dis que c'est formidable parce que ça signifie qu'elle a menti à Pater. Maintenant je vais pouvoir me débarrasser d'elle et tout redeviendra comme avant !

Flavia n'avait pas de temps à perdre. Elle mit aussitôt son plan à exécution. Lupus livra le message qu'elle avait rédigé avec soin et revint avant qu'on puisse remarquer son absence, juste au moment où ils se rassemblaient tous pour le dernier dîner des Saturnales.

Flavia était tellement nerveuse qu'elle avait du mal à manger son civet d'autruche. Quand, enfin, on frappa à la porte, son cœur se mit à battre plus fort, et ses mains à trembler, alors elle reposa sa cuillère.

– C'est un homme qui veut vous voir, maître.

– Caudex ! s'écria le capitaine Geminus en descendant de la banquette. Que fais-tu là ? C'est le dernier jour de fête ! Tu devrais être à la taverne en train d'en profiter.

– Je suis un peu fatigué, maître. J'ai décidé de rentrer à la maison et de me reposer.

– Bon, fais entrer ce type et file te reposer… Qui as-tu dit que c'était ?

– Son nom est Caldus. Il dit qu'il a reçu votre message.

Flavia leva la tête et regarda Cartilia. Elle faillit éclater de rire en voyant l'expression de stupeur de la jeune femme. Flavia baissa la tête et se mordit la lèvre.

– Caldus ? répéta le père de Flavia. Je ne connais personne de ce nom.

– Il dit qu'il a reçu un message de votre part.

– Eh bien, je suppose que tu devrais le faire entrer.

– Marcus, non. Renvoie-le.

Cartilia essayait de descendre de la banquette, mais une table l'empêchait de se dégager.

– Chérie ! Que se passe-t-il ?

Le père de Flavia écarta la table et l'aida à se lever.

– Je dois partir ! Je ne peux pas rester ici !

Cartilia tourna les talons et s'éloigna vers la porte, puis s'arrêta quand une silhouette en manteau marron lui bloqua la route. C'était un homme rougeaud, aussi grand que le père de Flavia, mais plus costaud. Ses yeux s'écarquillèrent quand il la vit.

– Cartilia ! C'est une blague ?

– Po… Postumus, bafouilla-t-elle. Qu'est-ce que tu fais ici ?

– J'ai reçu un message. Qui sont ces gens ? demanda-t-il en les regardant, les sourcils froncés.

– Je suis Marcus Flavius Geminus, capitaine de navire. Vous êtes ici chez moi. Puis-je vous demander la nature de vos rapports avec Cartilia ?

Le père de Flavia se tenait derrière sa fiancée, appuyant sur ses épaules d'un geste protecteur.

– Ah, alors c'est ça ! ricana Caldus. Tu essaies de me rendre jaloux, Cartilia ? Ou tu veux juste retourner le couteau dans la plaie ?

– Cartilia, qui est cet homme ?

Flavia était presque désolée pour Cartilia quand la jeune femme passa aux aveux.

– Marcus, c'est mon mari. Je suis désolée. J'allais t'en parler…

– Ton mari ? Mais tu m'avais dit qu'il était mort !

Caldus éclata d'un rire bestial.

– Quoi ? Tu m'as fait passer pour mort ? Pas bête. Vaut bien mieux être une veuve éplorée qu'une femme divorcée.

– Tu es divorcée ? répéta Marcus en regardant Cartilia. Pourquoi ne me l'as-tu pas dit ?

Cartilia se taisait, alors Caldus répondit.

– Parce que si elle vous avait dit qu'elle était divorcée, elle aurait dû vous avouer pour quelle raison ! On dirait que la plaisanterie se retourne contre toi, Cartilia. Et si tu expliquais au capitaine Mâchoire-Carrée, là, pourquoi j'ai divorcé de toi ? Vas-y !

– Non !

Cartilia se cacha le visage dans les mains.

Caldus croisa ses bras musclés et la toisa, puis regarda le père de Flavia.

– J'ai divorcé d'elle, dit-il, parce qu'elle était incapable de me donner des enfants. Et parce qu'elle était trop indépendante, par Junon !

ROULEAU XXIV

lavia resta longtemps éveillée. Elle ressassait les événements de la soirée.

Après le départ de Caldus, son père et Cartilia étaient allés dans le bureau.

Depuis la salle à manger, tout en mangeant leur dessert, ils avaient entendu le père de Flavia tonner :

– Comment pourrais-je t'épouser maintenant ? Tu as trahi ma confiance !

Peu après, la porte d'entrée s'était refermée et son père était monté à pas lourds dans sa chambre.

Le mariage était annulé. Cartilia était sortie de leur vie. Le plan de Flavia avait marché comme sur des roulettes. Elle avait gagné, mais, curieusement, sa victoire ne lui faisait guère d'effet.

Elle se roula sur le côté et contempla son Felix miniature. Le visage de la poupée était à peine visible dans la faible lueur de la veilleuse.

– J'ai fait ce qui était juste, non ? lui demanda-t-elle.

La poupée ne répondit pas.

– C'était mon devoir, murmura-t-elle. Pater veut des descendants et Cartilia n'aurait pas pu lui donner d'enfants. C'est sans doute pour ça que les dieux voulaient que je me débarrasse d'elle.

La poupée, impassible, soutint son regard.

– Elle lui a menti ! Elle a trahi sa confiance !

Dans la lumière vacillante, les minuscules yeux noirs de la poupée ne cillaient pas.

– Ne me regarde pas comme ça ! dit Flavia. Je sais que j'ai fait ce qu'il fallait. Maintenant, les choses vont redevenir normales. Comme avant.

Le lendemain matin, il sembla en effet que les choses étaient redevenues comme avant. Les Saturnales étaient passées. Alma prépara le petit déjeuner et Caudex ôta le lierre des colonnes. Le capitaine Geminus fit son offrande au lararium en silence et sortit de bonne heure.

Ils reprirent leurs leçons et, une fois les garçons rentrés chez eux, Flavia et Nubia emmenèrent les chiens se promener parmi les tombes.

Il était midi, et le soleil brillait courageusement.

Alors qu'ils s'approchaient d'une clairière, les chiens se figèrent et Scuto se mit à grogner.

– Regarde ! souffla Nubia. Le camelopardus.

– Par la barbe de Neptune ! hoqueta Flavia.

Le camelopardus, debout dans la faible lumière du soleil, avait un corps de cheval et une tête de chameau, et son cou était immensément long. Il fouillait parmi les branches d'un acacia.

– Chut, Scuto ! Silence ! ordonna Flavia. Oh, Nubia, comme il est beau ! Regarde le motif sur sa peau, et ses longs cils. Et il a la langue bleue !

Elles observèrent le camelopardus jusqu'à ce qu'il s'éloigne lentement dans les bois.

Les chiens levèrent la tête vers les filles et Scuto gémit doucement.

– Bon garçon, Scuto ! dit Flavia. Tu ne l'as pas pris en chasse.

Elle se tourna vers Nubia.

– L'une de nous devrait prévenir Mnason. J'y vais ?

– Non, je m'en charge, dit Nubia. Comme ça je pourrai saluer Monobaz. Je file, avant que des chasseurs tuent la girafe. Je vais courir plus vite que le vent.

– Tu l'as appelé comment ?

– Une girafe[1]. C'est ainsi qu'on l'appelle dans mon pays.

– Je ramène les chiens à la maison, alors, dit Flavia.

Elle rit quand Nubia partit en courant vers la porte de la Fontaine.

Flavia suivit lentement les chiens sur le chemin du retour. Il faisait presque chaud, aujourd'hui. Des

1. En latin, « girafe » se disait camelopardalis, mot composé de camelus, « chameau », et de pardus, « léopard ». Le « chameau léopard » n'a pris son nom actuel que bien plus tard… (note de la traductrice).

oiseaux chantaient. Le ciel était bleu. Elle n'aurait pas à se disputer avec une belle-mère et ils ne parleraient plus de mariage. Pour le moment.

Et peut-être qu'un jour – quand elle aurait seize ans et serait d'une beauté miraculeuse – elle franchirait le seuil dans les bras de Felix. Elle ne voyait pas comment cela pourrait se réaliser, mais c'était tout de même redevenu une éventualité.

Flavia sentit une vague d'euphorie la submerger quand elle ouvrit la porte de derrière. La vie était merveilleuse. Pleine de promesses grisantes. Tout était possible.

Scuto et Nipur filèrent tout droit dans la cuisine vers leurs gamelles d'eau. Flavia les suivit et accrocha leurs laisses à la patère tandis qu'ils lapaient, assoiffés.

– Pater ? appela-t-elle joyeusement. Nous avons vu le camelopardus ! Pater ? Alma ?

Flavia débarqua dans le bureau en trombe, et se figea.

– Pater, qu'est-ce qui ne va pas ?

Son père, assis à son bureau, avait la tête dans les mains.

Flavia sentit retomber brutalement sa gaieté jusque dans ses orteils.

– Pater, murmura-t-elle, horrifiée, tu pleures ?

Il leva la tête et la regarda. Il avait les yeux rouges et les joues mouillées.

– Oh, Pater ! Ne pleure pas. S'il te plaît, ne pleure pas.

Flavia courut vers lui et se jeta à son cou.

Il la repoussa.

– Non ! Je veux juste être seul. S'il te plaît.

– Veux-tu que je te fasse du thé à la menthe ? Ça te réconforterait ?

– Je ne veux pas te voir pour le moment, Flavia. S'il te plaît, va-t'en.

– Quoi ?

– C'est toi qui as envoyé ce message, n'est-ce pas ?

Il secoua la tête.

– Ça n'a pas d'importance. Va-t'en.

– Mais Pater…

Sa gorge lui faisait mal et des larmes lui piquaient les yeux.

– VA-T'EN !

Il reposa la tête sur ses bras et ses épaules tres-sautèrent.

Flavia le regarda, pétrifiée. Puis elle tourna les talons et sortit de la pièce en courant.

– Oh, bonjour, Flavia, dit Jonathan, qui se tenait dans l'entrée. Tu viens de le rater.

Tigris accueillit Flavia en agitant la queue et se mit à lui renifler les pieds avec beaucoup d'intérêt.

– Quoi ? dit Flavia en retenant ses larmes.

– Tu viens de le rater.

– Qui ?

– Felix. Il est parti il y a quelques minutes.

– Quoi ? s'étrangla Flavia. *Mon* Felix ?

Jonathan hocha la tête.

– Il est passé reprendre de l'élixir.

– Du quoi ?

– De l'élixir. Pour sa femme.

Flavia fixa Jonathan. Nipur, à présent, flairait le caniveau.

– Tu te rappelles que sa femme, Polla, n'était pas bien ?

– Comment ça, « Polla n'était pas bien » ? Elle était folle à lier, oui !

– Père dit qu'elle était juste déprimée. Il lui a envoyé un remontant en septembre et, apparemment, ça a eu un effet incroyable. Felix rentrait de Rome et retournait à Surrentum[1], aujourd'hui, alors il s'est arrêté sur le chemin pour en reprendre et discuter de la dose avec Père.

– Il était ici, chez toi ? À l'instant ?

Flavia eut l'impression qu'on venait de lui donner un coup de poing dans le ventre.

Jonathan opina.

– Tu ne veux pas entrer ?

– Et tu l'as vu ?

– Pas très longtemps.

Flavia avait mal au cœur.

– Est-ce qu'il… Est-ce qu'il a parlé de moi ?

---

1. Nom de l'actuelle Sorrento, une jolie ville portuaire au sud du Vésuve.

– Il a proposé qu'on revienne tous les voir l'été prochain.

– Il... Quelles étaient ses paroles exactes ?

– Euh... « Vous devez tous revenir nous voir l'été prochain. » C'était ça, ses paroles exactes.

– Alors il n'a pas parlé de moi du tout ? Pas même pour demander comment j'allais ?

– Tigris ! Viens ici ! Écarte-toi de ça !

Jonathan reporta son attention sur Flavia.

– Pardon, Flavia. Je crois que Felix était pressé de rentrer. Il voyageait léger, à cheval, avec seulement deux hommes.

Flavia regarda Jonathan. Son visage lui semblait étrange. Tout lui semblait étrange. Pourquoi était-elle ici, devant sa porte, sur le trottoir ? Elle entendit un gémissement. Ce n'était que le vent... Depuis quand le vent s'était-il levé ?

Le visage de Jonathan était plein de compassion.

– Flavia, dit-il avec douceur. Entre boire du thé à la menthe. Ça va... Tigris ! Je t'ai dit de t'écarter de ça ! Vilain chien ! Viens ici tout de suite !

– Excuse-moi, dit Flavia. Je suis juste...

Elle se tourna vers sa maison à elle, puis se rappela son père en larmes et refit face à Jonathan. Mais il était penché au-dessus de Tigris et s'efforçait de traîner le gros chiot dans la maison.

Flavia tourna les talons et s'éloigna lentement. Elle dépassa la porte de chez elle, la bleue avec un heurtoir à l'effigie de Castor et Pollux. Elle dépassa la porte marron avec le heurtoir en forme de tête de lion, la porte jaune et la porte vert délavé. Elle accéléra le pas. Marcha de plus en plus vite. Puis se mit à courir. Si elle se dépêchait, elle le rattraperait peut-être.

Elle crut entendre Jonathan l'appeler mais continua à courir, tête baissée. Elle dépassa la fontaine verte. Franchit la porte de la Fontaine. Et s'élança sur la route bordée de tombes en direction de Surrentum.

ROULEAU XXV

lavia ! Flavia, où es-tu ?

– Nubia referma la porte de derrière et laissa tomber le verrou. Elle se pencha pour caresser les chiens frétillants, puis se redressa et regarda autour d'elle.

– Flavia ! appela-t-elle de nouveau. Maintenant, je vais aider Mnason à attraper le camelopardus !

Pas de réponse. La maison était silencieuse. Rien que le bruit du vent qui gémissait dans le crépuscule.

– Alma ? Caudex ?

Nubia fronça les sourcils.

– Capitaine Geminus ?

Elle longea les colonnes du péristyle et traversa le couloir pour entrer dans l'atrium. La porte de la chambre d'Alma était légèrement entrouverte.

– Alma ?

Quand Nubia gratta à la porte, elle s'ouvrit.

Alma était allongée sur le lit, un tissu sur le front. Elle grogna et tourna la tête.

– Oh, Nubia, murmura-t-elle. Je ne me sens pas très bien. Un peu chaud. Et j'ai les oreilles qui bourdonnent. Je me repose un peu. Caudex aussi se repose. Veux-tu demander au docteur Mordecaï… Veux-tu demander… Veux-tu… ?

Le docteur Mordecaï secoua sa tête enturbannée.

– C'est grave, dit-il à Nubia. Très grave. Lupus a la fièvre depuis midi et je viens de mettre Jonathan au lit, lui aussi. Et maintenant, Alma et Caudex. Comment te sens-tu, toi ?

Il lui posa la main sur le front.

– Très bien, dit Nubia.

– Et Flavia ? Comment va-t-elle ?

– Je ne sais pas. Elle n'est pas là. Je crois qu'elle est sortie avec son père.

Mordecaï secoua de nouveau la tête.

– Si je rencontre d'autres cas, ça indiquera une véritable épidémie. Et je ne pourrai peut-être pas m'occuper de tout le monde. Nubia ?

– Oui ?

– Peux-tu vérifier qu'Alma et Caudex ont de quoi boire ? Et les tenir au chaud ? Ils voudront peut-être écarter les couvertures, mais il faut qu'ils transpirent pour faire tomber la fièvre. Je ne peux pas m'occuper d'eux tout de suite. Tu comprends ?

– Oui, docteur Mordecaï.

– Tu es une gentille fille, dit Mordecaï. Sois bénie.

Il posa doucement la main sur sa tête et elle sentit une sorte de chaleur picotante la traverser.

Elle espérait que ce n'était pas la fièvre.

Flavia l'attendit sous un acacia. Au-dessus d'elle, le vent gémissait. En l'espace d'une heure, la température avait chuté. Le soleil – épuisé à force de tenter de réchauffer le monde dans l'un de ses plus mauvais jours – tombait vers l'horizon rouge.

Flavia leva la tête pour regarder les feuilles crépitantes. Elle ne portait que sa tunique : elle aurait dû avoir froid. Mais, pour une raison quelconque, elle avait étrangement chaud.

Peu après, sa patience fut récompensée. Elle l'entendit avant de le voir. Un curieux bourdonnement rythmé emplit ses oreilles. Il ne ressemblait à rien qu'elle ait déjà entendu. Enfin, *il* apparut, glissant sur la route entre les tombes. Il chevauchait un lion et portait une guirlande de feuilles de vigne sur la tête. Des créatures bizarres dansaient derrière lui. Des bêtes mythiques, mi-hommes mi-chèvres. Les satyres jouaient de la flûte de Pan et faisaient tinter des tambourins. Derrière eux venait un chien immense avec trois têtes : une blanche, une noire, une rouge.

Flavia ne se souciait guère des satyres, et se moquait bien de Cerbère. *Lui* seul l'intéressait. Elle se releva péniblement et l'appela.

Felix tourna la tête et la vit. Il descendit du lion. Monobaz se roula à ses pieds, comme Scuto quand il voulait qu'on lui gratte le ventre. Felix sortit un couteau pointu, se pencha vers le lion et, d'un geste vif, lui ouvrit le ventre.

– Non ! cria Flavia. Pas Monobaz !

Mais c'était trop tard. Felix sourit et marcha vers elle, la peau vide du lion dans les mains.

– Tout va bien, dit la tête de Monobaz. Ça ne me dérange pas.

Felix posa la tête de lion sur elle, comme un chapeau, puis enroula les pattes vides autour de ses épaules. La fourrure était douce et chaude. Elle leva la tête et contempla son beau visage ; il lui sourit avec ses dangereux yeux noirs. Elle ne savait pas si c'était un homme ou un dieu.

– Felix ? murmura-t-elle.

Il opina et lui plaça délicatement un lourd bouclier sur la tête. Puis il lui prit les mains, d'abord la droite puis la gauche, et les leva pour lui faire tenir le bouclier de chaque côté.

Enfin, il recula.

– Felix ! appela-t-elle. Reviens ! Je t'aime !

Mais, à présent, il s'éloignait sur la route en jouant de la lyre, la tête penchée et les yeux fermés. Derrière lui, une foule de gens dansait.

Jonathan et Miriam venaient en premier, ainsi que Mordecaï. Nubia dansait derrière eux, en jouant de la flûte. Puis venait Lupus, qui tapait sur son tambour en peau de chèvre avec une baguette surmontée d'une éponge. Aristo suivait, puis Diane, agrippée à l'ourlet de son manteau rouge. Caudex et Alma sautillaient, main dans la main. Pulchra était là aussi, avec ses petites sœurs et Leda, son esclave.

Puis venaient Avita et son père Avitus. Il y avait le capitaine Alga, Pline l'ancien et Pline le jeune. Et Phrixus. Vulcain était juché sur le dos de son âne. Rectina et Tascius, avec leur neuf filles, dansaient derrière eux.

– Non ! cria Flavia. Vous devriez en avoir onze, maintenant !

Sur sa tête, le bouclier devenait de plus en plus lourd.

– Pourquoi est-il si lourd ? demanda-t-elle à Sisyphe.

– Ma chère, c'est parce que tu portes le poids du monde.

Et, d'un bond léger, il rejoignit les autres sur le bouclier.

– Tu veux que je monte là-dessus, moi aussi ? demanda l'empereur Titus.

– Non, dit Flavia. Je ne peux pas vous porter tous.

Mais il grimpa quand même.

– Non, c'est trop lourd pour moi, gémit Flavia. Je ne peux pas le porter. Pater ? Où es-tu ?

– Juste là.

La voix de son père venait d'au-dessus.

– Je vois le phare.

– Flavia, dit une voix de femme. Lâche-le. Tu ne peux pas les porter tous. Tu n'es qu'une enfant.

– Maman ? s'écria Flavia. Oh, Maman, tu m'as tellement manqué !

Flavia sentit une main fraîche sur son front brûlant.

– Chut ! Lâche prise, Flavia. Le monde continuera et les dieux feront ce qu'ils veulent.

– Tout le monde mourra si je lâche prise, non ? demanda Flavia.

– Oui. Au bout du compte. Mais tu ne peux rien faire pour empêcher ça. Laisse-toi aller, Flavia.

– J'ai peur.

– N'aie pas peur. Il faut juste que tu te détendes. Tout ira bien.

Alors Flavia laissa tomber le bouclier et tout le monde roula par terre. Certains riaient, d'autres étaient fâchés. Mais Flavia s'en fichait.

Elle se sentait plus légère que jamais, et plus libre.

– Oh, Maman ! sanglota-t-elle. Promets-moi de ne plus me quitter, cette fois.

– Chut ! Je ne peux pas te promettre ça. Mais je suis là, pour le moment.

Flavia sentit les bras de sa mère l'envelopper, à la fois fermes et tendres ; elle plongea la figure dans son cou et pleura.

Puis elle s'endormit.

Oh, grogna Flavia. Où suis-je ?
– – Père ! Elle est réveillée !
C'était la voix de Jonathan.

– Beurk ! dit Flavia. J'ai un goût affreux dans la bouche… comme si une bestiole s'y était faufilée pour y mourir.

– Je vois parfaitement ce que tu veux dire, répliqua Jonathan. Et je n'ai eu la fièvre que pendant deux jours.

Elle sentit sa main ferme sous sa nuque et de l'eau fraîche sur sa langue.

Quand elle eut bu tout son soûl, Flavia reposa la tête sur l'oreiller et regarda autour d'elle. Elle était dans sa chambre. D'après le motif de losanges lumineux sur le mur, elle devina que c'était le milieu de la matinée.

Elle fronça les sourcils.

– Quelle heure est-il ?

– C'est la troisième heure, environ, dit Jonathan.

Il était assis au bord de son lit avec un pichet d'eau fraîche en cuivre.

— Et au cas où ça t'intéresserait, c'est shabbat aujourd'hui.

— Le jour de Saturne ? Mais comment est-ce possible ? Ce n'est pas le jour de Mercure, aujourd'hui ?

Le docteur Mordecaï entra dans la pièce en s'essuyant les mains sur une serviette de lin. Son visage paraissait maigre et pâle sous le turban foncé, et il avait des ombres sous les yeux.

— Docteur Mordecaï, que s'est-il passé ? demanda Flavia. La dernière chose dont je me souvienne, c'est que j'attendais au bord de la route. J'attendais… Comment suis-je revenue ici ?

— Tu ne devineras jamais qui t'a trouvée, dit Jonathan.

— Pater ? C'était Pater ?

— Non, dit Mordecaï. Lui, nous l'avons trouvé à l'étage dans sa chambre. Tout le monde chez toi avait la fièvre. Sauf Nubia. Tu as eu de la chance qu'on te trouve.

— Mater ! dit Flavia en essayant de se relever.

Puis elle laissa retomber sa tête sur l'oreiller. Une larme brûlante tomba du coin de son œil.

— J'ai rêvé que Maman était en vie. Elle s'occupait de moi.

Jonathan et son père échangèrent un regard.

— Non, dit Jonathan. C'était Cartilia. Elle est restée avec toi jour et nuit pendant trois jours. Elle et

Nubia se sont occupées de toi, de ton père et d'Aristo. Alma va mieux, maintenant. Caudex aussi. Nubia dort dans la chambre d'amis, et Cartilia est rentrée chez elle il y a quelques heures.

– Oh! s'exclama Flavia. Je croyais que c'était Maman.

Les joues humides, elle se tourna vers Jonathan.

– C'était Cartilia? Après tout ce que je lui ai fait?

Jonathan acquiesça.

– C'est grâce à elle que ton père est en vie, renchérit Mordecaï. Elle m'a appelé il y a deux nuits quand sa fièvre était au plus haut. Si je ne l'avais pas soigné...

– Est-ce que Pater...?

– Il va s'en sortir, la rassura Mordecaï. Je viens de le voir. Il est réveillé et il boit du bouillon. Alma est avec lui. Je m'apprête à passer voir Aristo.

Quand Mordecaï sortit, Scuto entra dans la pièce et s'approcha de Flavia.

– Oh, Scuto, dit-elle en serrant son cou poilu contre elle. Tu m'as manqué. C'est toi qui m'as trouvée?

– Non, dit Jonathan en souriant. C'était la dernière personne à laquelle tu pourrais penser.

Flavia le regarda.

– Felix? murmura-t-elle.

Jonathan soupira et leva les yeux au ciel.

– Non, Flavia. Ce n'était pas Felix.

– Donne-moi un indice, alors.

– Qui vit pratiquement dans les bois ?

Flavia réfléchit un moment. Puis ses yeux s'illuminèrent.

– Diane ?

Jonathan hocha la tête.

– Diane.

Même si les Saturnales, en principe, étaient terminées, le père de Flavia leur avait permis de s'allonger pour dîner, sous le prétexte qu'ils étaient encore faibles.

– La semaine prochaine, vous vous assiérez à table comme des enfants romains bien élevés, leur avait-il dit. Mais pour ces quelques jours, je vous autorise à vous allonger.

– Ces huîtres étaient délicieuses ! dit Flavia. Qui les a envoyées ?

– Encore Pline, rit son père. Il a appris que nous étions tous aux portes des Enfers et il nous en a envoyé quatre douzaines. Sur de la glace, même, figure-toi ! Il nous en reste une douzaine si tu en veux encore.

– Non merci. Je crois que mon estomac a rétréci pendant que j'étais malade. Lupus, tu en veux encore une ?

Lupus secoua la tête, puis lâcha un énorme rot.

– Merci pour ce compliment, Lupus, dit le capitaine Geminus, et tout le monde s'esclaffa.

Jonathan s'efforça de roter mais ne parvint à en produire qu'un petit.

Flavia essaya aussi, sans succès, mais Cartilia réussit un gros rot, quoique distingué et féminin.

Lupus applaudit et Jonathan leva les sourcils, admiratif.

– Cartilia ! s'écria Marcus en riant, puis il se pencha et posa un rapide baiser sur sa joue.

– Marcus ! dit-elle en rougissant. Pas en public.

– Nous ne sommes pas en public. Nous sommes chez moi. Je suis le paterfamilias et je fais ce qui me plaît. Quelqu'un a une objection ?

Il regarda autour de lui, les yeux brillants.

– Non, Pater ! répondit Flavia avec un sourire.

Elle était contente de le voir de nouveau heureux.

– Je sens déjà les effets bénéfiques des huîtres, dit Aristo. J'ai l'impression d'être un autre homme. Nubia, si on jouait de la musique ?

Nubia acquiesça.

– Oh, oui ! se réjouit Flavia. J'ai tellement besoin d'entendre de la musique ! Tu as apporté ton barbiton, Jonathan ?

– Bien sûr !

Il sourit et le tira de sous la banquette.

Lupus tenait déjà ses percussions toutes prêtes.

Flavia descendit de la banquette et courut à l'étage. Un instant après, elle revint dans la salle à manger. Elle s'approcha de Cartilia et, solennellement, lui tendit son tambourin.

– Tiens, Cartilia. J'aimerais que tu en joues.

– Merci, Flavia ! Merci beaucoup.

Cartilia avait les yeux humides.

Flavia soupira et jeta un coup d'œil à son père. Il lui adressa un discret hochement de tête, et un sourire. Flavia regagna la banquette et s'étendit à côté de Nubia. Elle se sentait encore faible.

Aristo était en train d'accorder sa lyre. Il ne s'en était pas servi depuis plusieurs jours.

Puis il regarda Nubia, qui le regarda à son tour, et ils commencèrent à jouer en même temps.

Peu après, Jonathan attaqua sa partition. Lupus, pour accompagner ses percussions, avait trouvé un bracelet de grelots pour les chevilles qu'il avait mis au poignet droit. Ils tintaient chaque fois qu'il battait son tambour. Au tambourin, Cartilia était parfaite. On aurait dit qu'elle répétait avec les autres depuis des années.

Flavia sourit. Ils jouaient «La Chanson de l'esclave».

En les écoutant, elle se remémora une autre salle à manger, ailleurs, en un autre temps. Et soudain elle sentit sa présence. Aussi réelle que s'il était allongé sur la banquette à côté d'elle.

Il n'y était pas, bien sûr, mais quand elle ferma les yeux, elle vit son visage, avec son demi-sourire amusé et ses magnifiques yeux noirs.

Il n'était pas venu la sauver. Il n'avait probablement pas pensé à elle plus d'une fois ou deux ces derniers mois. Elle le savait, à présent, avec une terrible certitude. Elle savait que l'objet de sa passion n'était qu'un fantôme.

Son image, conjuguée à la musique, lui fit ressentir une vague d'émotion si forte qu'elle dut se mordre la lèvre pour empêcher les larmes de couler.

– Non, murmura-t-elle en enfonçant ses ongles dans ses paumes. Non, non, NON !

Et, une fois de plus, elle se leva et courut à l'étage.

– Flavia ? Ça va ?

Flavia leva la tête et vit Cartilia sur le seuil.

– Flavia, insista Cartilia. Que se passe-t-il ? Tu as l'air terriblement malheureuse.

– Tu ne comprendrais pas…

Flavia laissa retomber sa tête sur l'oreiller.

Le lit grinça légèrement quand Cartilia s'assit sur le rebord.

– Peut-être que si.

Flavia enfonça sa figure dans l'oreiller humide. Au bout d'un moment, elle lâcha d'une voix étouffée :

– J'aime sans espoir.

Il y eut un silence.

– Parle-moi de lui.

Flavia se retourna lentement. Cartilia ne se moquait pas d'elle ; son expression était grave.

– Il est marié, dit Flavia.

Voilà qui effacerait sans doute la compréhension du visage de Cartilia.

Mais non.

– C'est dommage qu'il soit marié, dit Cartilia, mais on ne peut pas toujours choisir de qui l'on tombe amoureux, n'est-ce pas ?

Flavia secoua la tête.

– Et il est très vieux, ajouta-t-elle.

– Quel âge ?

– Aussi vieux que Pater. Peut-être même plus.

– Beaucoup de femmes épousent un homme plus âgé. Ma sœur, à Bononia, s'est mariée avec un homme qui a vingt ans de plus qu'elle.

– Ah oui ?

Flavia renifla puis s'essuya le nez du revers de la main.

Cartilia hocha la tête.

– Et ils sont très heureux.

Elle écarta délicatement une mèche du front de Flavia.

– Parle-moi de cet homme, dit-elle. Pourquoi tu l'aimes ?

Flavia avait longtemps désiré parler de lui à quelqu'un. Et Cartilia l'écoutait. Alors elle poussa son oreiller contre le mur et s'assit sur son lit.

– Je l'ai rencontré il y a trois mois, confia-t-elle timidement. Après l'éruption du volcan. Ce n'est pas le plus bel homme que j'aie jamais vu, mais ses yeux… la façon dont il te regarde… Et j'adore sa voix, et l'odeur de ses cheveux, et il est très important, tout le monde le respecte. Pourtant, quand il me regarde, il me regarde vraiment, et je me sens fondre à l'intérieur. Je l'aime tellement !

Son menton se mit à trembler.

– … Mais il ne me…

Elle pleurait de nouveau.

– Grands dieux ! souffla Cartilia. Cet homme a l'air extraordinaire. Puis-je te demander son nom ?

– Felix. Il vit à Surrentum et il…

– Quoi ? l'interrompit Cartilia. Pas Publius Pollius Felix ?

L'estomac de Flavia se retourna quand Cartilia prononça son nom. Elle hocha la tête.

Cartilia éclata de rire.

Flavia sentit une nouvelle vague de larmes lui monter aux yeux.

– Je suis désolée, se reprit Cartilia. Je n'aurais pas dû rire. Mais je suppose que tu sais que la moitié des femmes de Campania sont amoureuses de lui.

– Ah bon ?

Cartilia acquiesça.

– Je ne l'ai jamais vu, mais…

Elle sourit à Flavia. Ses yeux s'écarquillèrent quand Flavia, hésitante, sortit sa poupée Felix de sous son oreiller.

– C'est lui ? demanda Cartilia en prenant délicatement la petite statuette de bois.

Flavia hocha la tête.

– Jonathan et Lupus me l'ont offert pour les Saturnales. C'est son portrait craché.

– Il est très beau. Je vois pourquoi tu es amoureuse de lui. Mais… Flavia ?

– Oui ?

Cartilia haussa la poupée Felix.

– Il n'est pas un peu petit pour toi ?

Flavia regarda Cartilia, qui avait les yeux écarquillés, l'air sérieux. Et elles éclatèrent de rire toutes les deux. Elles rirent longtemps. Finalement, Cartilia dit :

– Tu te sens mieux, maintenant que tu m'en as parlé et que nous en avons ri ?

Flavia opina et sourit.

– Vas-tu encore penser à lui tout le temps ?

– Peut-être pas…

Mais en le disant, Flavia sentit sa gorge se nouer, et son cœur était trop serré dans sa poitrine. Les larmes lui montèrent de nouveau aux yeux.

– Si, souffla-t-elle. Je vais encore penser à lui.

– Tu connais l'histoire de Pygmalion, n'est-ce pas ?

– Bien sûr. C'était un artiste, il a sculpté une statue de la femme idéale. Et ensuite il est tombé amoureux de son œuvre. Il a prié Vénus et l'a suppliée de donner vie à la statue.

Cartilia contempla le visage de la poupée Felix.

– Nous sommes tous un peu comme Pygmalion, dit-elle. Nous créons notre compagnon idéal.

– Je ne comprends pas.

Flavia serra ses jambes dans ses bras et posa le menton sur ses genoux blottis sous la couverture.

– Pygmalion a sculpté cette femme idéale dans son atelier. Nous, les femmes, nous sculptons l'homme idéal dans notre cœur.

Cartilia brandit la poupée Felix.

– Nous trouvons quelqu'un dont nous apprécions la présence, et ensuite nous créons un homme qui lui ressemble pour le placer dans nos rêves. Nous bâtissons toute une vie. Scène après scène. Et parce que nous la façonnons dans nos rêves, elle est parfaite. Alors nous tombons folles amoureuses. Mais nous sommes amoureuses d'un fantôme. D'une image.

– Oui, dit Flavia. C'est exactement ce que j'étais en train de penser.

– En vérité, tu ne sais pas grand-chose de Felix, n'est-ce pas ?

– Pas vraiment, admit Flavia. Mais je l'aime quand même tellement que je pourrais en mourir.

Cartilia soupira.

– Tu sais de quoi tu souffres, Flavia ? Tu souffres d'une morsure de la tarentule.

– Je ne crois pas avoir été mordue par une tarentule, objecta Flavia. À moins que ça n'ait eu lieu la nuit pendant que je dormais.

–Non, reprit Cartilia avec un sourire. Les femmes sages de Calabrie – la région natale de ma mère – jugent que le premier amour est le plus passionné de toute notre vie. Ce premier amour est si fort qu'elles l'appellent la « morsure de la tarentule ».

– C'est un peu comme la flèche de Cupidon ? demanda Flavia.

– Exactement. Nous lui donnons juste un autre nom, en Calabre.

– Pater ne croit pas que je sois amoureuse. Il dit que je ne suis encore qu'une enfant et que c'est juste « un coup de cœur de petite fille ».

– Je pense qu'il a tort, dit Cartilia. Les filles de ton âge, qui s'apprêtent à devenir des femmes, ressentent le premier amour de façon plus aiguë qu'à n'importe quel autre moment de leur vie. Ton amour est très fort. Mais, reprit-elle en lui soulevant doucement le menton pour la regarder dans les yeux, tu sais qu'il ne pourra jamais se réaliser, Flavia, n'est-ce pas ?

– Oui. Mais je l'aime tellement ! Le manque est constant. J'ai essayé de m'empêcher de penser à lui, mais je n'y arrive pas.

– Si je te disais qu'il y a un moyen de soigner la morsure de la tarentule, ça t'intéresserait ? Tu veux guérir de ce manque ?

Flavia réfléchit. Une partie d'elle adorait être amoureuse. Mais au fond, ça faisait trop mal. Elle leva la tête et se plongea dans le regard chaleureux de Cartilia.

– Oui, décida-t-elle. Je veux arrêter de penser à lui tout le temps. Je veux juste redevenir comme avant et penser à des énigmes, des mystères et des histoires. Il y a un moyen de guérir ?

– Oui. C'est une danse qui s'appelle la *Petite Tarentule*. Si tu veux, je te l'apprendrai.

– Oui, dit Flavia. S'il te plaît, apprends-la-moi.

– Moi aussi, dit Nubia en entrant timidement dans la pièce. J'aimerais danser la *Petite Tarentule*, moi aussi. Je me suis fait mordre par l'araignée.

Nubia tremblait. Elle l'avait enfin dit à quelqu'un.

– Tu es amoureuse, toi aussi ? s'écria Flavia.

Nubia fit signe que oui.

– De qui ?

– Je crois que je sais, dit doucement Cartilia. Tu aimes Aristo, n'est-ce pas ?

Nubia baissa la tête et acquiesça de nouveau.

– Comment le savais-tu ? Même moi, je l'ignorais.

Flavia fixait Cartilia avec stupeur.

Cartilia fit signe à Nubia de s'approcher. La jeune fille vint s'asseoir à côté d'elle sur le lit de Flavia.

– Je le vois à la manière dont ils jouent de la musique ensemble, dit Cartilia en passant le bras autour des épaules de Nubia.

Ensuite, elle leur expliqua.

– En général, nous dansons la *Petite Tarentule* fin mai, pendant la fête de Dionysos[1]. Mais demain

---

1. Dieu grec des vignes, du vin et de la folie.

soir, c'est la pleine lune. Nous danserons dans le bosquet de Diane.

– En dehors des murailles de la ville ? s'étrangla Flavia. Et les esprits des morts ?

– Ils ne nous embêteront pas, dit Cartilia. Le dieu Dionysos nous protégera.

– Il fera froid et sombre, dit Nubia en frémissant.

– Oui, dit Cartilia. Au début. Mais tant qu'il ne pleut pas, tout ira bien.

Elle pressa l'épaule de Nubia et rit.

– Tu me regardes d'un air de reproche avec tes grands yeux dorés, mais je te promets que tu n'auras pas froid. La danse te réchauffera le sang.

Elles étaient dix.

Les jeunes femmes d'Ostia avaient entendu parler de la *Petite Tarentule* et étaient sorties furtivement de chez elles pour se rassembler dans la maison de la rue de la Fontaine-Verte. Alma les fit entrer.

Les hommes – le père de Flavia, Aristo et Caudex – se retirèrent dans leurs chambres. Si le bruit de voix féminines les dérangea, ils ne le firent pas savoir.

Les jeunes femmes burent du vin chaud aux épices, papotèrent et se réchauffèrent les mains autour du brasero dans le triclinium. Enfin, quand le disque argenté de la lune monta au zénith, elles ouvrirent la porte de derrière et se glissèrent dehors dans la nuit.

Chacune tenait une torche enflammée et, quand elles atteignirent le bosquet, elles plantèrent un cercle de fleurs de feu.

Cartilia montra à Flavia et à Nubia comment tenir leur tambourin : non pas dans la main gauche, mais dans la droite. Elle leur montra comment garder le poignet et le coude mobiles avec l'avant-bras ferme, et comment laisser l'émotion descendre le long de leurs jambes pour sortir par la plante de leurs pieds, le long de leurs bras jusqu'au bout des doigts.

– À un moment, leur dit-elle, vous aurez mal aux pieds, aux avant-bras, et vous saignerez peut-être même des doigts. Vous devez continuer à jouer ; c'est à ce moment-là que le dieu vous entraîne et brûle la passion qui vous ronge.

Elles acquiesçèrent. Cartilia commença à battre son tambourin et à chanter, d'un rythme lent. Les femmes se joignirent à elle et agitèrent leur tambourin, leurs castagnettes, ou tapèrent dans leurs mains. Il y avait des paysannes et quelques femmes de haute naissance. La plupart étaient adolescentes. Cartilia, à vingt-quatre ans, était la plus âgée.

Peu après, elles adoptèrent un rythme plus rapide et se mirent à danser.

Au début, Flavia se sentit bête, mal à l'aise. Que faisait-elle ici, à danser dans les bois par une froide nuit d'hiver, au milieu de ces inconnues ? Mais le rythme était puissant et, bientôt, la musique lui remplit la tête.

Nubia dansait la *Petite Tarentule* comme si elle la connaissait depuis toujours. Cartilia était perdue dans la musique, elle aussi. Ses magnifiques cheveux bruns – de la couleur de l'huile de sésame – voletaient autour de son visage. Flavia avait mal aux bras et aux pieds, mais le rythme entraînant ne lui laissait pas de répit.

Une silhouette émergea de l'obscurité et les rejoignit. C'était Diane. Elle n'avait pas de tambourin mais chanta d'une jolie voix aiguë et supplia le dieu de la libérer de son obsession.

C'est à cet instant que la musique s'empara de Flavia. Comme une vague, elle la souleva et l'emporta. La jeune fille n'était plus fatiguée. Elle ferma les yeux et *son* visage lui apparut, alors elle dansa encore pour se défaire de son désir et de ses regrets, de sa colère et de sa tendresse, de son amour et de sa haine.

Une fois, elle ouvrit les yeux et crut le voir debout dans l'ombre, à l'extérieur du cercle lumineux des torches. Mais elle se rendit compte que, si ce n'était pas son imagination, ce devait être Dionysos, observant ses femmes d'un air approbateur.

Flavia perdit la notion du temps. Au-dessus d'elle, dans le ciel noir, glacial, les étoiles scintillaient, et il lui sembla voir se dessiner parmi elles un chemin brillant, comme de la bave d'escargot argentée, qui traversait le ciel en courbes sinueuses. Tout en dansant, elle regarda *son* beau visage se fondre et, enfin, quand elle ferma les yeux, elle ne vit plus que la lueur brun-rouge vacillante des torches à travers ses paupières.

À l'aube, quand le soleil humide eut dilué le vin sombre de la nuit, Flavia sut qu'enfin elle était libérée du poison de l'amour.

L e groupe de femmes, fatiguées mais heureuses, les cheveux en bataille et les yeux rouges, franchit en papotant la porte de Laurentum. L'expression des gardes les fit rire. Elles se tenaient les unes les autres par la taille. Flavia marchait entre Nubia et Cartilia, qui avait passé son autre bras autour de sa sœur Diane.

Elles se rendirent aux thermes de Minerve dès l'ouverture et payèrent leur pièce. Elles ôtèrent leurs vêtements tachés de sueur et se plongèrent avec délices dans le bassin d'eau chaude parfumée à la myrte. L'eau fumante les débarrassa des derniers restes de passion, d'amertume, de jalousie et de regret.

De retour rue de la Fontaine-Verte, Flavia et Nubia dormirent toute la journée et toute la nuit suivante.

Quand Flavia s'éveilla d'un doux sommeil sans rêves, elle se leva, s'habilla et apporta sa poupée Felix au temple de Vénus.

Elle posa la statuette sur l'autel.

– Vénus, pria-t-elle, je te fais don de tous mes rêves d'amour, de mariage et de bonheur. Je les dépose sur ton autel.

Elle resta un moment la tête courbée. Les paroles d'une chanson que Miriam chantait souvent lui revinrent en mémoire : « Par les gazelles, filles de Jérusalem, n'éveillez pas l'amour et ne l'excitez pas avant qu'il le désire. »

Flavia leva la tête et contempla la statue de Vénus. La déesse de marbre – figée dans le geste d'enfiler sa sandale – la regardait d'un air étonné.

– Vénus, murmura Flavia. S'il te plaît, n'excite pas l'amour, ne l'éveille pas en moi avant que je sois prête.

Et elle eut l'impression, bien que ce fût peut-être une illusion causée par la lumière, que la déesse lui avait souri avec bonté.

Ce soir-là, après le dîner, Cartilia monta dans la chambre des filles pour les border.

Après avoir embrassé Nubia sur le front, elle alla se percher sur le lit de Flavia. Scuto battit la queue et Cartilia le gratta derrière l'oreille.

– J'aurais dû savoir que tu n'étais pas mauvaise, remarqua Flavia, parce que Scuto t'aime bien.

– Pourquoi pensais-tu que j'étais mauvaise ? demanda Cartilia en riant.

– Je croyais que c'était toi qui avais reproché à Pater de me laisser trop de liberté, expliqua Flavia. Je croyais que c'était ton idée de me marier.

– Pas du tout! C'était l'idée du patron de ton père, Cordius. Il désapprouve vivement l'indépendance chez les femmes. Voilà pourquoi je lui ai dit que mon mari était mort. Si Cordius avait su que mon mari avait divorcé de moi parce que j'étais trop indépendante... eh bien, il ne m'aurait jamais présentée à ton père. Alors ma famille a accepté de dire que j'étais veuve. C'était idiot. Je m'en rends compte, maintenant. Mais je voulais tellement rencontrer ton père...

– Raconte-moi encore la première fois que tu l'as vu!

– La toute première fois, c'était il y a plus de six mois. Il marchait le long des quais, parlant à l'un de ses marins. Il avait le vent dans les cheveux et il riait. Je me rappelle que je me suis dit: «Peut-être est-il temps que je me remarie.» J'ai demandé à mon père de se renseigner sur lui. Pater a dit qu'il était veuf avec une fille et que son patron était Cordius, un homme très conservateur.

– Et ensuite?

– Il est parti avant que j'aie pu faire sa connaissance. Enfin, il est revenu, comme s'il revenait du pays des morts. J'ai pensé que j'avais intérêt à sauter sur l'occasion et à profiter du jour présent.

– *Carpe diem!* compléta Flavia en riant.

– Exactement. Pater a invité Cordius à dîner et Cordius nous a rendu l'invitation. C'est là que j'ai rencontré ton père.

Elle sourit.

– Nous nous sommes très bien entendus. Nous rions des mêmes choses. Il est bon et attentionné. Et il est honnête.

– Alors tu n'as pas été comme Pygmalion. Tu n'as pas fait de lui l'homme de tes rêves. Tu n'es pas seulement tombée amoureuse de son apparence.

Cartilia rougit légèrement.

– Eh bien, je dois admettre que je le trouve très séduisant. En plus, il a encore toutes ses dents !

Flavia gloussa et tendit la main pour toucher l'une des boucles d'oreilles d'argent de Cartilia ; c'était un pendentif dont la forme évoquait en miniature la massue d'Hercule.

Ensuite, elle se rappela quelque chose :

– Mais quelqu'un a dit que c'était ta faute si ton mari était mort.

– Qui ?

– Diomède, le prêtre de Mithras. En fait, je crois que ses paroles exactes étaient : « Il n'est plus parmi nous et c'est sa faute à elle. »

– Ah, ce culte stupide ! J'ai dissuadé Postumus d'y assister. Tout ce qu'ils voulaient, c'était son argent.

– Et plus tard, il a divorcé de toi parce que tu étais trop indépendante, et parce que tu ne pouvais pas avoir d'enfants ?

Cartilia hocha la tête.

– Mais il vient de divorcer de sa seconde épouse pour les mêmes raisons. Alors le tort n'est peut-être

244

pas de mon côté. Quant à mon indépendance… reprit-elle en baissant la voix, murmurant presque, je crois que ton père aime les femmes indépendantes. Le secret, c'est d'agir avec subtilité. Et avec grâce. Alors, je ne crois pas que mon indépendance le gênera.

Flavia arrêta de tripoter sa boucle d'oreille.

– Cartilia ?

– Oui ?

– Demain, c'est un jour spécial dans la préparation au mariage de Miriam. Ils appellent ça le jour du henné. Jonathan dit que toutes les femmes de sa famille y vont. Elles raconteront des histoires et joueront de la musique pendant qu'elles dessineront des motifs au henné sur les mains et les pieds de Miriam. Ça se passe chez sa tante. Elle nous a invitées, Nubia et moi, et… veux-tu venir avec nous ? Nous y allons vers midi.

– Oh, Flavia ! J'en serais ravie. Merci beaucoup de me l'avoir proposé.

Cartilia se pencha et l'embrassa sur le front, puis la serra dans ses bras.

Enfin, elle se leva et s'apprêta à quitter la pièce. Mais elle s'arrêta et se retourna. Flavia voyait sa silhouette mince se découper contre le rectangle pâle de la porte ouverte.

– Flavia… Je sais que c'est toujours dur de partager un parent, surtout quand on est enfant unique. Merci de partager ton père avec moi. Je te promets de le rendre très heureux. Et j'essaierai de te rendre heureuse, toi aussi.

– Je sais, dit Flavia, et elle sourit. Bonne nuit, Cartilia.

Quelque chose n'allait pas.

Flavia accéléra le pas. Elle et Nubia approchaient de chez Cartilia. La porte d'entrée était grande ouverte et Vibia, en larmes sur le seuil, se tenait devant un homme chauve en toge. Il secouait la tête et, en arrivant plus près, elles virent que Vibia ne portait pas sa perruque.

Vibia tourna son visage mouillé de larmes vers les deux filles.

–Oh, Flavia! Dis à ton père de faire une offrande aux dieux et de venir très vite. Cartilia et Diane, et mon mari... Ils ont tous la fièvre et le docteur dit que c'est très grave.

L e docteur Mordecaï confirma le diagnostic du médecin grec.

– Cette seconde épidémie de fièvre est pire que la première, déclara-t-il, l'air sombre. J'ai perdu une demi-douzaine de patients ces deux derniers jours, dont quatre jeunes enfants. J'ai soigné Poplicola et ses filles. La meilleure chose à faire, maintenant, c'est de vous assurer qu'ils boivent beaucoup de bouillon et de les laisser couverts. Ils ont besoin de transpirer pour se débarrasser des humeurs mauvaises.

Flavia, Nubia et Marcus restèrent chez Vibia pendant trois jours, pour l'aider. Ils soignèrent Cartilia et Diane pendant qu'elle s'occupait de son mari.

Enfin, Diane se remit. Elle put s'asseoir et manger de la nourriture solide. Mais le père de Cartilia mourut. Quant à Cartilia, elle s'enfonça plus profondément dans un sommeil fiévreux. Bientôt, elle ne put même plus boire de bouillon. Elle avait les lèvres bleues et, parfois, elle avait du mal à respirer.

Une fois, alors que Flavia était assise auprès d'elle, elle cria des noms dans son délire. D'abord, elle appela sa mère, puis Marcus.

Flavia lui prit les mains et dit :

– Il va bientôt revenir. Il est juste fatigué parce qu'il a veillé auprès de toi toute la nuit dernière. Il se repose un peu.

Elle sentit les larmes monter.

– Ne meurs pas, Cartilia, supplia-t-elle. S'il te plaît, guéris. Pater t'aime tellement.

Cartilia tourna la tête. Elle n'ouvrit pas les yeux mais elle semblait plus calme.

Flavia pressa un tissu humide sur son front.

– Si tu guéris, tu pourras m'apprendre de nouvelles danses. Et plein d'autres choses encore. Des choses de filles.

Flavia s'efforçait de parler d'une voix gaie, mais des larmes se mirent à couler sur ses joues.

– Cartilia, je suis tellement désolée d'avoir été odieuse avec toi. S'il te plaît, ne meurs pas. Pater a besoin de toi. Et... moi aussi, j'ai besoin de toi.

Flavia venait de finir de s'habiller quand elle entendit la porte d'entrée se refermer. Elle se précipita au rez-de-chaussée et trouva son père dans l'atrium, debout devant le lararium. Il portait encore son manteau et ses bottes étaient boueuses. Il se retourna quand il l'entendit et Flavia, voyant son expression de désespoir, comprit : Cartilia était morte.

– Oh, Pater ! s'écria-t-elle, et elle courut vers lui.

Ils se serrèrent l'un contre l'autre en pleurant, dans la pièce froide, devant l'autel familial.

Flavia leva vers lui son visage mouillé de larmes.

– Pater, je sais que rien ne pourra jamais te consoler, mais je te promets d'être sage, à partir de maintenant. Je ne résoudrai plus jamais de mystère et je resterai à la maison à filer de la laine toute la journée.

– Non.

Il secoua la tête et la regarda à travers ses larmes.

– J'aimais Cartilia parce qu'elle avait de l'esprit et de l'intelligence.

Il se tourna vers le lararium.

– Ta mère était comme ça, elle aussi. Elle avait une grande passion pour la vie et une grande curiosité du monde. C'est ce que j'aimais le plus chez elle. Et chez Cartilia.

Il regarda Flavia.

– Et c'est ce que j'aime chez toi. Ne perds jamais ta soif de connaissances.

– Alors je peux continuer à mener mes enquêtes ?

Il hocha la tête.

– Oui, ma petite chouette. Sois juste… raisonnable.

Il la serra de nouveau dans ses bras et murmura dans ses cheveux :

– Tu es tout ce qu'il me reste, à présent.

– Je serai raisonnable, promit Flavia.

La laine douce de la tunique de son père lui caressa la joue quand elle se tourna pour contempler l'autel familial. Les masques des ancêtres étaient enfermés à l'abri des regards, mais elle voyait les statuettes peintes représentant le génie de la famille Geminus et les lares, de chaque côté. Et le serpent porte-bonheur, enroulé aux pieds de Castor, Pollux et Vesta.

Flavia déglutit et sortit de l'étreinte de son père pour pouvoir le regarder dans les yeux.

– Pater, dit-elle, je te promets de devenir une matronne romaine pieuse et d'avoir beaucoup d'enfants, comme ça les esprits de notre famille ne seront pas tristes. Et je te promets…

Flavia prit une profonde inspiration.

– Je te promets d'épouser qui tu voudras.

Le mariage eut lieu sept jours plus tard.

La procession fut différente de toutes celles qu'Ostia avait vues auparavant.

La jeune mariée portait une robe blanche, une cape jaune safran et un voile orange vif. Elle avait sur la tête une guirlande de myrte et de violettes d'hiver. La ville aussi était vêtue de blanc, car il avait neigé la nuit précédente.

Quand la mariée sortit de la maison, après le banquet, le soleil orange sortit de son voile de nuages. La neige étincela comme du marbre. Les gouttières en forme de têtes de lion étaient affublées de barbes de glace.

Un lion à la crinière noire, appelé Monobaz, menait la procession, et un camelopardus aux longs cils tenait l'arrière. La superbe mariée juive et son bel époux étaient dans un char tiré par deux ânes. Le jour ne tomberait pas avant une heure, mais Jonathan et Lupus brandissaient des torches enflammées, tandis que Flavia et Nubia lançaient des noix aux gens alignés le long des rues. Des musiciens engagés pour l'occasion jouaient de la flûte, de la lyre et du tambourin, et la procession s'élargit quand ils approchèrent la porte de Laurentum.

Nubia portait sa nouvelle cape en fourrure – une peau de lion. C'était un cadeau de Mnason ; la peau avait appartenu à l'un de ses vieux fauves. Avec sa cape et ses bottes doublées, pour la première fois de cet hiver, Nubia avait chaud en dehors des thermes. Quand elle eut distribué toutes ses noix, elle rejoignit Monobaz et marcha à côté de lui en jouant de sa flûte. L'odeur fraîche et pure de la neige lui monta à la tête tandis qu'elle la sentait s'écraser sous ses bottes de cuir.

En passant sous l'arche de la porte de Laurentum, elle eut l'inspiration pour une nouvelle chanson. Une chanson qui parlait de recommencement, quand tout est pur, frais et propre. Nubia décida de l'appeler « Le Pays blanc ».

La procession franchit la porte et s'éloigna sur la route de Laurentum.

Les musiciens avaient joué un air gai, plutôt aigu, sur leurs flûtes et leur lyre. Mais la flûte de Nubia entonna une nouvelle chanson, et les musiciens devinrent hésitants. Lupus tendit sa torche enflammée à Chamat et se mit à battre son tambour. Jonathan, à son tour, abandonna sa torche à quelqu'un et fit passer son barbiton devant sa poitrine. Ensemble, ils trouvèrent un rythme plus fort, plus marqué. Les flûtistes avaient du mal à suivre. Aristo n'avait pas emporté sa lyre, alors il prit celle du chef des musiciens, qui le regarda bouche bée. Suivant son exemple, Flavia s'empara du tambourin d'un autre musicien.

C'était une merveilleuse chanson que jouaient Flavia et ses amis : une chanson d'espoir et de joie, avec un rythme entraînant.

Tandis que la procession s'avançait entre les tombes, Flavia agita son tambourin et dansa à la mémoire de Cartilia. Elle exprima à travers sa danse son regret pour ce qui n'aurait jamais lieu. Pour les moments de rire qu'elles ne connaîtraient jamais toutes les deux. Pour la musique que Cartilia ne jouerait jamais. Pour les histoires que Cartilia n'entendrait jamais. Ou ne raconterait jamais.

Et quand ils laissèrent les tombes derrière eux et continuèrent leur route entre les bois et la mer, en direction de la petite maison qui attendait au milieu de ses vignes enneigées, Flavia dansa pour exprimer sa joie devant sa famille et ses amis encore là. Elle avait les joues humides, mais sourit à travers ses larmes. Car, malgré sa souffrance, elle était en vie. Et ça, c'était bien.

Oui. C'était vraiment bien d'être en vie.

Biche de Diane (p. 98) : le troisième des travaux d'Hercule consiste à capturer la biche aux sabots d'airain et aux cornes d'or, consacrée à Diane, afin de la ramener vivante d'Oensoé à Mycènes. Il la poursuit une année entière, jusqu'à épuisement total de l'animal. Il parvient enfin à lui planter une flèche entre l'os et le tendon ; la biche est immobilisée, mais ne perd pas de sang. Hercule peut la charger sur ses épaules et la rapporter à Mycènes.

Ceinture de la reine des Amazones (p. 99) : pour le neuvième de ses travaux, Hercule doit récupérer la ceinture d'or de Penthésilée, la reine des Amazones, détenue par Hippolyté. Il se rend à Thémiscyra sur un navire où Penthésilée, séduite par le demi-dieu, lui offre la ceinture. Mais entre-temps, Héra fait courir la rumeur selon laquelle Hercule et ses compagnons sont venus pour enlever Hippolyté. Les Amazones sont furieuses et attaquent le bateau d'Hercule. Celui-ci croit alors à une trahison : il tue la reine et massacre toute son armée.

Cerbère (p. 99) : le dernier des travaux d'Hercule est de ramener Cerbère, le chien à trois têtes gardien des Enfers. L'animal est enchaîné, le héros l'agrippe par le cou d'où apparaissent violemment trois têtes avec des serpents. Hercule, protégé par la peau du lion de Némée qu'il a tué, poursuit son effort en étouffant Cerbère, et le chien finit par céder.

Écuries d'Augias (p. 98) : le cinquième des travaux d'Hercule est de nettoyer les écuries d'Augias. Ce roi possédant un bétail innombrable a laissé le fumier s'accumuler pendant trente ans. Hercule détourne deux fleuves qu'il fait passer dans les écuries.

Hercule (p. 21) : héros de la mythologie, fils d'une mortelle, Alcmène, et du dieu Zeus. Il réalise de multiples exploits au cours de sa vie. Héra, la femme de Zeus, est l'ennemie d'Hercule et le rend fou, si bien qu'il tue sa femme et leurs enfants. Pour racheter ce meurtre, il doit accomplir douze travaux imposés par Eurysthée, son cousin et roi mythique.

Hydre de Lerne (p. 98) : pour le deuxième de ses travaux, Hercule doit tuer le monstre élevé par Héra, l'Hydre de Lerne. Sur les conseils d'Athéna et avec l'aide de Iolaos, il le fait sortir en lui lançant des flèches en feu mais l'Hydre s'enroule autour de ses pieds. Hercule écrase alors la tête de la bête avec sa massue mais, aussitôt, deux têtes repoussent à la place. Avec une épée, il décapite le monstre et enterre sa tête. Il trempe ses flèches dans le venin de l'Hydre, chaque blessure avec l'une d'elles devient mortelle.

Juments mangeuses d'hommes (p. 99) : Diomède, roi de Thrace, possède des juments sauvages dont Hercule doit s'emparer pour le huitième de ses travaux. Il commence par prendre le commandement des valets des écuries de Diomède avec l'aide de compagnons, puis il entraîne les juments mangeuses d'hommes jusqu'à la mer. Abdéros est chargé de les garder pendant qu'Hercule doit se défendre contre les Bistoniens, qui sont à ses trousses. Le héros creuse un tunnel pour inonder les terres basses, ce qui met ainsi ses ennemis en déroute. Il assomme Diomède et le présente à ses propres juments qui le dévorent vivant. Elles ont aussi mangé leur gardien Abdéros et sont donc rassasiées. Ainsi, Hercule peut s'en emparer.

Lion de Némée (p. 98) : le premier des travaux d'Hercule est de tuer le lion de Némée et de le ramener. La peau de l'animal est tellement dure que le héros brise toutes ses armes dessus. Il engage alors une lutte à mains nues avec la bête et l'étouffe. Il se fait ensuite une armure avec la peau du lion qu'il découpe avec ses griffes.

Mariage (p. 61): à Rome, l'âge légal pour se marier est fixé à douze ans pour les filles et quatorze ans pour les garçons. En réalité, les femmes se marient plus tard et les hommes attendent même trente-cinq ou quarante ans. On interroge les dieux pour savoir s'ils sont favorables ou non au mariage. Celui-ci est arrangé par les pères pour des raisons financières ou politiques. La femme est sous l'autorité de son mari mais progressivement, son statut évolue vers plus d'indépendance morale et financière. Le divorce est très pratiqué et peut se faire par consentement mutuel ou par répudiation de la femme par le mari.

Oiseaux du lac Stymphale (p. 21): consacrés à Arès, ces oiseaux mangeurs d'hommes ont le bec, les pattes et les ailes en bronze. Pour le sixième de ses travaux, Hercule doit les exterminer. Or, ils sont rassemblés autour du lac Stymphale, une zone marécageuse inaccessible. Hercule se rend sur le mont Cyllene qui domine le lac et fait claquer les castagnettes qu'Athéna lui a remises. Apeurés, les oiseaux s'élèvent tous dans le ciel en un terrible vacarme et Hercule en abat un nombre colossal.

Pommes d'or du jardin des Hespérides (p. 99): pour le onzième des travaux, Eurysthée envoie Hercule cueillir des fruits sur le pommier d'or, situé dans un jardin gardé par Atlas, qui porte le globe ter-restre sur ses épaules. (Les Hespérides sont ses trois filles, qui vivent à l'extrémité occidentale de la Terre, le Maroc actuel.) Hercule lui demande de cueillir quelques fruits pendant qu'il portera son fardeau. Ravi, Atlas accepte et propose au héros de rapporter lui-même les pommes à Eurysthée. Hercule fait mine d'accepter et demande à Atlas de reprendre le globe, juste le temps d'installer un petit coussin sous sa tête. Atlas tombe dans le piège et Hercule prend les pommes en le saluant ironiquement.

Rouleau (p. 11) : le livre, sous la forme que nous connaissons aujourd'hui, n'existe pas encore. Les Romains écrivent sur du papyrus ou sur du parche-min. Ces « feuilles » sont ensuite roulées sur elles-mêmes de gauche à droite (et non pas de haut en bas), formant un rouleau que l'on déroule progressi-vement à mesure de sa lecture.

Sanglier d'Érymanthe (p. 98) : dans une région d'Arcadie, arrosée par le fleuve Érymanthe, en Grèce centrale, vit un sanglier sauvage, gigantesque et dévastateur. Pour le quatrième des travaux, Eurysthée ordonne à Hercule de le capturer vivant. En poussant des cris puissants, celui-ci fait sortir la bête de son fourré et la mène vers un trou enneigé. Il lui saute alors sur le dos, l'enchaîne, et l'emporte à Mycènes.

Saturnales (p. 9): fête de Saturne, qui durait cinq jours. On la célébrait en offrant des cadeaux. Les restrictions concernant les jeux d'argent se relâchaient, les esclaves et les maîtres échangeaient souvent leur place pour une journée.

Taureau de Crète (p. 99): pour le septième des travaux, Eurysthée impose à Hercule la capture du taureau crétois, dont le sacrifice a été évité grâce à Poséidon et qui a engendré le Minotaure avec Pasiphaé. Une longue lutte acharnée s'engage entre le demi-dieu et l'animal, qui souffle des flammes par le museau. Hercule en vient à bout et le ramène à Mycènes.

Thermes (p. 18): les maisons romaines sont très rarement équipées de salles de bains. Aussi, les Romains se rendent presque quotidiennement dans les établissements publics de bains, les thermes. Ces lieux sont ouverts à tous, riches ou pauvres, hommes ou femmes. Lorsqu'il arrive aux thermes, le Romain effectue un parcours précis qui le mène à travers différentes salles. Il se rend au vestiaire, où il dépose ses vêtements. Puis, il passe un moment au sauna, une pièce pour transpirer. Il plonge ensuite dans une piscine d'eau chaude, où il se savonne avec de l'huile d'olive. Il finit par un bassin d'eau froide. Mais les thermes ne sont pas seulement des lieux où l'on se lave; on peut en effet y faire du sport, se faire masser, aller chez le coiffeur ou encore lire dans les bibliothèques.

Comme il n'y a pas de sources naturelles d'eau chaude à Rome, l'eau des piscines est chauffée par des fours construits sous le sol, dans lesquels les esclaves allument de grands feux.

Troupeau de bœufs (p. 99) : le dixième des travaux d'Hercule est de ramener, sans autorisation ni paiement, le troupeau de Géryon, un homme à trois têtes, six mains et trois corps réunis à la taille, ayant la réputation d'être l'homme le plus fort de la Terre. Ses bœufs sont gardés par le berger Eurytion, fils d'Arès, et Orthros, chien à deux têtes. Celui-ci se jette sur Hercule, qui le tue avec sa massue. Le berger, qui voulait aider le chien, meurt de la même façon. Géryon se met en colère en apprenant la nouvelle et un combat au corps à corps s'engage avec Hercule. Le héros transperce les trois corps avec une flèche et ramène donc le troupeau à Mycènes, sans autorisation ni paiement.

AVANT JÉSUS-CHRIST

753 : date mythologique de la fondation de Rome par Romulus et Remus.

715-509 : Rome est gouvernée par des rois sabins puis étrusques.

509 : Rome devient une république.

264-146 : guerres entre Rome et Carthage, puissante cité d'Afrique du Nord. L'un des épisodes les plus célèbres de cette lutte se déroule en 218 : avec une armée d'éléphants, le général carthaginois Hannibal traverse l'Espagne et franchit les Alpes pour attaquer les Romains.

44 : Jules César, célèbre conquérant de la Gaule, est nommé consul et dictateur à vie. Il est assassiné par Brutus, son fils adoptif.

27 : début de l'Empire romain.

APRÈS JÉSUS-CHRIST

Ier **siècle** : persécution des premiers chrétiens. Leur religion est condamnée et interdite par l'empereur.

54-68 : règne de Néron.

69-79 : règne de Vespasien.

24 août 79 : éruption du Vésuve.

79-81 : règne de Titus.

306-337 : règne de Constantin. L'empereur autorise le christianisme qui devient la religion officielle de l'Empire.

476 : chute de l'Empire romain.

Romans et récits

BONNIN-COMELLY (Dominique), *Les Esclaves de Rome*, coll. « Milan poche Histoire », Milan, 2003.

CHANDON (G.), DEFRASNE (Jean), ORVIETO (Laura), TOUSSAINT-SAMAT (Maguelonne), *Les Héros de la Rome antique*, coll. « Pocket junior mythologies », Pocket-Jeunesse, 2003.

SURGET (Alain), *Les Enfants du Nil*, coll. « Premiers romans », Castor poche-Flammarion, 2004.

Livres documentaires

BIESTY (Stephen), *Rome : une journée dans la Rome antique*, Gallimard-Jeunesse, 2003.

DIEULAFAIT (Francis), *Rome et l'Empire romain*, coll. « Les Encyclopes », Milan-Jeunesse, 2003.

McKEEVER (Susan), *Rome antique*, coll. « Poche Vu junior », Gallimard-Jeunesse, 2003.

MICHAUX (Madeleine), *Gladiateurs et jeux du cirque*, coll. « Les Essentiels Milan junior », Milan, 2001.

NAHMIAS (Jean-François), *Titus Flaminius*, vol. 1 : *La Fontaine aux esclaves*, vol. 2 : *La Gladiatrice*, Albin Michel-Jeunesse, 2003-2004.

Bandes dessinées

DUFAUX (Jean), DELABY (Philippe), *Murena*, Dargaud, 1991-2004.

GOSCINNY (René), UDERZO (Albert), *Astérix*, Albert René, Hachette, 1980-2004.

MARTIN (Jacques), *Alix*, Casterman, 1980-2004.

Tes héros dans l'Histoire

Préhistoire	– 3000 av. J.-C.	Antiquité	476 apr. J.-C.	Moyen

Rahan
La Guerre du feu

Flavia Gemina

Les chevaliers d
Notre-Dam

Films

Quo vadis, Mervyn Le Roy, 1951.
Ben Hur, William Wyler, 1959.
Spartacus, Stanley Kubrick, 1960.
Gladiator, Ridley Scott, 2000.

ge	1492 Époque moderne	1789	Époque contemporaine

Table ronde
e Paris · *Les Trois Mousquetaires* · *Le Pacte des loups* · *Lucky Luke* · *Harry Potter*